チョコレートゲーム
新装版

岡嶋二人

講談社

目次

チョコレートゲーム

1

マイルドセブンには、いくつ星がついているのだろう。

ふと、そんなことが気になった。

机の上に両肘を載せ、空になった煙草の袋を目の高さまで持ち上げて見る。火をつけた煙草を口にくわえ、一、二、三……と近内泰洋《ちかうちやすひろ》は、包装紙に印刷された銀色の星を数え始めた。

明日《あす》、月刊小説誌に載せるための原稿を渡すことになっている。雑誌の編集部が近内のために用意しているページは、原稿用紙にして六十枚分。そのうちの二十二枚は、昼過ぎにやってきた編集者に渡してしまった。あと三十八枚、残っている。続きを書こうとして、渡した二十二枚がつまらなく思えてきた。ほんの少し書いてみたが、前のところが気になって、思うように乗ってこない。煙草に手を伸ばし、空であることに気づいた。買い置きの煙草の封を切り、ふと、マイルドセブンには、いくつ星がついているのだろうと考えた。

実際にやってみると、これがなかなか数えにくい。箱に折り重ねた部分の下にも、半欠けの星が覗いている。袋を分解してみることにした。

セロファンの外装を取り除き、丁寧に包装紙の糊付けを剝がす。星は袋の上部をとめている封紙の上にも印刷されている。平らに伸ばした包装紙を原稿用紙の上に置いた。鉛筆の先で突つきながら、星を数えていく。想像していたよりも、数はずいぶん多かった。

全部で二千五百八十個の星がある。『7』という文字をかたどった金色の星が三百十二個、封紙の上の白い星が百十二個、残りの二千百五十六個が銀色の星である。

数え終えて、ふう、と煙草のけむりを吐き出した。

原稿用紙の枡目に作った星数の分類表を、自分でもアホらしいと思いながら眺める。それを包装紙ごとクシャクシャに丸め、屑籠の中へ投げ入れた。

書き足した分の原稿を目の前へ置く。二枚と半分しかない。読み返してみる。思っていた通り、つまらない原稿だった。

厭になって、その三枚を真ん中から引き裂いた。時計を見る。七時になろうとしている。そろそろ夕食だ。飯の後にしよう。煙草をくわえたまま立ち上がる。書斎を出て階下へおりた。

「あなた……」

居間へ入ると、妻の喜子《よしこ》が、眉の間に皺を作って立ち上がった。

「省吾《しょうご》に話をしてやってちょうだい」

「話？　なんの」

テーブルの上の灰皿に煙草を押しつけながら、近内はソファに腰を落とした。

「学校の先生から電話があったの。省吾、学校を休んでいるんですよ」

喜子は立ったまま、それがあなたのせいだというような口調で言った。近内は、ふうん、とテーブルの上の夕刊を引き寄せた。どうやら、夕食はまだ先のことらしい。

「ふうん、じゃないでしょう。カバンを持って毎朝出て行くのに、学校には行ってないのよ」

「行きたくないんだろ」

「…………」

信じられない、という表情で喜子は近内を見つめた。

「あなた、いいの？　省吾が非行に走ったりしても」

近内は、やれやれ、と首を振った。

「学校を休んだぐらいのことで非行に走るなんて、短絡的すぎるよ、お前の考えは」

「休んだぐらい？　一日や二日じゃないのよ。先生がおっしゃるには、この二週間、頻繁に休んでいるっていうんだもの」

この二週間……。

近内は、テーブルの上から煙草を取り上げた。火をつけながら、二週間、と口の中で繰り返した。

「お前は、知らなかったのか？」

「てっきり学校へ行ってるもんだと思ってたわ」

「ちょっとした登校拒否だな」

「あなた……」

歯痒くて仕方がない、というように喜子は近内の前に腰を下ろした。

「今日《きょう》も休んだらしいの。訊こうと思って待っていたら、ついさっき帰るなりそのまま部屋に入ってしまって、返事もしない。首のところに、大きなアザを作ってるのよ。この一週間、風呂に入りなさいと言っても入らなかったのは、アザを見せたくなかったからなんだわ。食事もいらないって言うし……」

「まあ、奴にだって、いろいろ事情はあるだろうさ。中学三年生なんだ。食べたくない時だってあるだろうし、首にアザを作る時だってある。学校へ行きたくない時期だってあるよ」

喜子は、膝を乗り出した。

「いいんですか、それで」

「いいも悪いも、省吾が行きたくないと思っているのを、むりやりオレたちが行かせてどうなるね。オレだって、子供の頃は親にも言いたくないことはたくさんあった。ほって置けばいいさ。自然に元へ戻るもんだ」

「ほって置けるもんですか。放任にも限度があるわ」

「放任というんじゃないよ」

「あなたは、省吾にまるで無関心ね」

「お前が構いすぎるんだよ」

「なに言ってるんですか。あなたは、ほったらかしでしょう。あなたの関心は自分のことしかないじゃないの。あなた、自分の子供のこと、なにも知らないでしょう」

近内は、煙草を胸一杯に吸い込んだ。

じゃあ、お前は、省吾のことをどれだけ知っているかと言いたかった。学校を休んで、どこへ奴が行っているのか、お前は知っているのか。休んでいることだって、教師からの電話で初めて知ったことだろう。

しかし、言えばまた話がややこしくなる。近内は、ただ首を振ることだけで済ませた。

「兆候が見えるんですよ」

「兆候？　なんの兆候だ」

「非行の兆候よ」

「もう少し、省吾のことを信用してやったらどうだ。兆候と言うが、お前の気持が奴を非行少年にしてしまっているだけのことだろう」

「あなた、省吾が自分の部屋にパソコンを置いているのを知ってる？」

「パソコン……？」

突然話が変わり、近内は喜子に目を返した。

「ほら、知らないでしょう」

勝ち誇ったように言う。

「パソコンがどうした」

「どうしたじゃないわよ。部屋に置いてあるんですよ。机の上に、教科書なんかそっちのけで置いてあるわ」

「いいじゃないか。そういうものに興味を持ったって。自分で興味を持ったものなら、学校の勉強よりはよっぽど実になるよ」

「呆れたわね。パソコンみたいなもの、省吾にどうやって買えるんですか？」

「…………」

返す言葉に詰まった。

「そのパソコン……いくらだ？」

「知らないわよ。安くはないでしょう。マンガ買うようなわけにはいかないわ」

「バイトでもやって稼いだのかな……」

「学校じゃ、アルバイトを禁止しています」

「禁止しているからって……」

「最近、ウチのお金がなくなっていることがあるのよ」

「そんな、まさか」

「ほんとですよ。現金が合わないから、調べてみたら、どうやら省吾が持ち出しているみたいなの。それも万単位のお金よ」

「お前が、勘違いしてるんじゃないのか？　そう自分の子供を疑うもんじゃない」

「一度、箪笥の引き出しを省吾が開けているのを見たわ。訊いたら、なんにも言わずに出て行っちゃうのよ。そして帰って来ると部屋に入ったっきりでしょう」

「…………」

近内は、自分の指の間で煙を上げている煙草を見つめた。

「あなたから、言ってちょうだい。とにかく、あたしじゃだめなんですよ。まるで無視してかかるんだから」

煙草を灰皿の上で揉み消した。ソファから立ち上がった。

2

省吾に与えた部屋も二階にあるが、近内の仕事部屋とは違う階段を使う。

夜中から明け方にかけて仕事をすることが多く、近内はこの家の設計を頼む時、書斎だけは独立した階段を作らせた。書斎は、階段を下りると応接間に通じている。主に、編集者に原稿を待っていてもらうための応接間である。

仕事のためにそうさせた構造だったが、それは当然、家族と近内との行き来を少なくした。同じ家の中で生活していながら、ひと月近くも息子と顔を合わさないことがよくある。それでいい、と近内は思ってきた。

廊下へ出て階段を上る。奥の部屋の前に立って、近内はほんの少しためらった。ノックしようと上げた手を、そのまま下ろした。

「省吾」

部屋の中へ、低く声を掛けた。返事はなかった。ドアの向うで、不意に動きが停止したような気配があった。その後は、なんの音も聞こえない。

「省吾、オレだ」

近内はまた呼んだ。

ガサガサと何かを動かすような音がする。近内はドアの引手に指を掛けた。

「入るぞ」

薄く開けてみる。省吾に猶予をもたせてやるつもりで、そこで少し手を止めた。なにを脅えているんだ……と、近内は自分自身に呟いた。その気持を振り払うように、しかし、ゆっくりとドアを開けた。

乱雑な床が、まず目に飛び込んできた。脱ぎっぱなしの服や下着、雑誌や、破り捨てられた何かの包み紙、カセットテープやレコードジャケット、コーラの空き缶、そんなものが放り出したままになっている。

省吾は……ベッドの中にいた。布団を頭から被《かぶ》り、その布団のふくらみからすると、どうやらこちらへ背中を向けているものらしい。

「どうした。気分でも悪いのか」

訊きながら、部屋の正面の机を見た。なるほど喜子が言っていた通り、パーソナルコンピュータが一台載っている。ギター、ラジカセ、ステレオ、金属バットとグローブ、モデルガンやサーフボードまでが部屋のあちこちに散らばっていた。

自分の子供の頃と比べると、省吾の持物は驚くほど豪華だった。豪華であるにもかかわらず、それらの大半には存在感といったものがまるで感じられなかった。

近内には、やっと手に入れたグローブを、毎日のように磨き、傷めば自分で補修し、宝物にしていた記憶がある。省吾のそれは、さほど使われないままに、ただほこりを被っているように見えた。

物に対する執着心がないのだ——。

それなのに、この部屋には様々な物があふれ返っている。いいことだとは思えないが、だから悪いと言ってしまうにはためらいがあった。近内は、息子の部屋に圧倒されていた。

ドアを開けたまま、部屋の中へ足を踏み入れた。進みながら、足先でジーパンやカセットテープを脇にどける。机の前に立ってパソコンを眺めた。テレビの前にキーボードをくっつけたような構造になっている。その脇にはカセットのテープレコーダーが、赤や黒の配線でつながれて置かれていた。

「ふうん、すごいものを持ってるな」

布団を被ったままの省吾に言った。

「これは、なにか？　ゲームができるのか？」

ベッドを見たが、省吾は身動きひとつしない。

「こういうのを、お前、扱えるのか。オレも一度触ってみたいと思っていたんだ。どうやるのか、教えてくれないか」

言いながら、なんというオレは馬鹿なことを喋《しゃべ》っているんだ、と近内は思った。子供に媚びる必要がどこにある。思いながら続けた。他の言葉が見つからなかった。

「いろんなキーがついてるな。どんなふうにやるんだ？　インベーダーゲームみたいなもの、やれるんだろう？」

「出てけよ」

え？　近内はベッドを振り返った。

布団がもぞもぞと動いた。

「こんな時間から、布団になんぞもぐり込んで、身体の具合でも悪いのか？」

「出て行け」

「お母さんが心配してるぞ。食いたくないのなら、飯の一度や二度抜いてもどうということはないが、お母さんに心配させるのは、ちょっとかわいそうじゃないか」

「うるさいな！　出てってくれと言ってるだろう！」

布団の中で身体を硬直させながら叫んでいる。

近内は、机の前の椅子をベッドのほうへ向け、そこに腰を下ろした。

「なあ、省吾。ちょっとオレと話をしないか。このところ、仕事が忙しくて、ロクに話をすることもなかったからな。久し振りに、何かうまいものでも食いながら……」

いきなり布団が撥《は》ね上がり、省吾がベッドを下りてきた。

近内は、その省吾を見てびっくりした。

省吾は、パンツ一枚という格好だった。その腹といい、胸といい、背中といい、足にも腕にも、身体中に青アザができていた。

「どうしたんだ……お前、その」

立ち上がった近内を、省吾は押し退けるようにして服を着始めた。ジーパンに足を通し、オレンジ色のTシャツを頭から被る。

「省吾、何があったんだ、ちょっと見せてみろ。ひどいアザじゃないか」

伸ばした手を、省吾が無言で払い除けた。胸に金糸の縫い取りで『MB』とチーム名のようなものが入ったスタジアム・ジャンパーを羽織り、壁の鏡に目を向けて、髪を掻き上げた。

「省吾、オレの言うことを聞け、お前、どうしたんだこの頃。今日《きょう》、学校の先生から電話があったそうだぞ。ズル休みをやってるそうだな。どこへ行ってるんだ……」

「カネ」

「なに……?」

省吾は、近内の目の前に片手を突き出した。

「カネだよ」

近内は眉をしかめた。

「何に使う？」

ふん、と省吾は手を引っ込めた。そのまま部屋を出て行こうとする。

「おい、待て。カネとはなんだ？　やらんと言ってるわけじゃない。何につかう金が欲しいんだ？」

「いらねえよ、バカヤロ」

出て行こうとする省吾の肩を、近内は押さえた。

「待て。どこへ行くんだ」

省吾は振り払うように腕ごと肩を回した。その腕が胸にあたり、近内はつい、よろけた。

「どこだっていいだろうが。てめえにゃ、関係ねえだろ」

「なにい？　お前、親に向かって……」

「関係ないって言ってんだよ！　放せよ、この！」

同時に、近内はすごい力で床に倒された。したたか腰を打った。う、と顔をしかめる近内に、ふん、と一瞥《いちべつ》を投げ、省吾はそのまま部屋を出て行った。

階段を駆け下りる音が聞こえ、そのあとに「省吾！」という喜子の叫び声がした。

近内は、省吾の部屋の床に、尻餅をついたような格好で座っていた。腰の痛みよりも、

「てめえにゃ、関係ねえだろ」

と言った息子の言葉のショックのほうが大きかった。

「あなた！　省吾が……」

声を上げながら喜子が二階に上がってきた。部屋の戸口から床に座っている近内を見て、目を丸くした。

「あなた……」

駆け寄り、起こそうとする喜子の手を、近内は弱々しく押し退けた。

「なんでもない」

でも……と、不安気な顔の喜子に首を振り、近内はゆっくりと立ち上がった。

「出て行ったのか？」

唾を飲み込むような感じで喜子が頷《うなず》いた。

「もう、七時を過ぎているっていうのに、こんな時間から……」

「ほっとけ」

怒ったような口調になった。廊下へ出て、もう一度省吾の部屋を振り返った。撥ね除けたままの布団が、ベッドの下へずり落ちていた。

「ほっとけって……でも」

「ほっておけばいい」

もう一度言い、近内は階段を下りた。そのまま仕事場へ向かう。

「あなた、お食事は？」

「あとにする」

応接間へ入り、書斎への階段を上り始めた。省吾の身体中を埋めていた青アザが、近内の目に焼きついていた。

その夜、省吾はとうとう家に帰らなかった——。

3

翌日の午後、仕事で徹夜明けの気だるい身体を湯船に浸けていると、喜子が風呂場の戸を開けた。

「蜂須賀《はちすか》さんが、おみえですよ」

「早いな。何時だ、いま」

湯に浸けたタオルで顔を撫でながら、近内は、ふう、と息を吐き出した。

「一時半ぐらいかしら。早いって、電話があってから、一時間近く経《た》ってるもの」

「ああ、そうか……省吾は？」

訊くと、喜子は黙ったまま首を横に振った。

「心当たりはさがしてみたのか？」

「一応電話してみたけど、どこにも行ってないわ」

「そうか……ま、じきに帰るさ」

自分で言い出しておきながら、近内は喜子を慰めるように言った。

「どうしますか？　お寿司でも取りますか」

「寿司？　いや、いらないよ」

「あなたじゃないわよ。蜂須賀さんに」

「ああ……いや、昼はすませてくるだろう。お茶だけでいいよ」

「そうですか」

ぶっきらぼうに言うと、風呂の戸を閉めた。

その喜子の言い方がなんとなく癇にさわり、近内は不機嫌な顔で風呂から上がった。

編集者の蜂須賀は、やたら嬉しそうな顔をにこにこさせながら応接間のソファに座っていた。

「どうもありがとうございました。お忙しいのに無理をしていただいてすみませんでした」

近内が渡した原稿の枚数を調べ、社の封筒に入れると、蜂須賀はそれを大事そうに膝の上へ載せた。

「なにか、いいことでもあったの？」

壁の時計に目をやりながら、近内は楽しそうな表情の蜂須賀に訊いた。蜂須賀は、いやあ、と照れたように頭の後ろへ手をやった。質問されるのを待っていたような感じだった。

「生まれて初めて、万馬券ってやつを取ったんですよ」

「へえ、万馬券ね」

なんだ、そんなことか……と、近内はテーブルから煙草を取り上げた。省吾の身体につけられたアザが、どうにも目の前から離れない。

「一昨日《おととい》の最終レースで、まあ、マグレってやつですから、自慢にはなりませんけどね」

「いくらぐらい儲かったの？」

「いや、どうせくるもんじゃないと思ってましたんでね、二百円買っただけなんですよ。こんなことなら、一万ぐらい買っとけばよかったって、なんとか先に立たずってやつですね」

「二百円がいくらになった？」

「二万千七百円の配当でした。ですから四万三千四百円になりました」

「へえ、そりゃいいな」

「ねえ」

と、蜂須賀はひとごとのように相槌を打った。

「これで一万でも買ってりゃ、二百万だったんですよね」

「二百……ふうん、それはすごいな。万馬券ってのはそんなに儲かるもんなのか」

「あ、競馬はご存知なかったですよね。こりゃどうもすいません。勝手な話をしまして」

「いや、面白いよ。やっぱりそういうのを当てるのはコツみたいなのがあるの？」

「え？」

よほど見当外れな訊き方をしたらしい。蜂須賀は、戸惑ったような顔で近内を見返した。

「いえ、万馬券なんてものは、狙って取れるようなものじゃないんですよ。狙って取れるんだったら、それは万馬券にはなりませんでね」

「ああ、そういうものなのか」

「倍率でいうと百倍以上の配当になったのを、万馬券というんです。百円買って、それが一万円以上——だから万馬券です」

「ああ、そりゃそうだな。だとすると、どうして君は、それが取れたの？」

「捨てるような気持だったんです。第12レースでしたから、①—②を買った。ただそれだけですよ。したら、きちゃったんですね」

つまらん、と近内は思った。

向うの部屋で大きな物音がしたのは、その時だった。

——省吾、ちょっと待ちなさい！

喜子の叫ぶような声が聞こえた。

「ちょっとすまん、待っててくれ」

近内は煙草を灰皿に捨て、蜂須賀に断ってソファを立った。廊下へ出ると、喜子が青い顔で階段を上って行くのが見えた。

「帰って来たのか？」

その後から上がりながら、近内は訊いた。

「ごめんなさいの、ひと言もないんだから……」

喜子は、息子の部屋の前へ行き、ドアの引手に手を掛けた。内側からなにかで押さえているらしく、ドアはまるで開かなかった。

「ちょっと、省吾！　ここを開けなさい」

喜子がドアを叩いた。省吾の返事はなかった。

「聞けなさいってば！　省吾！」

喜子は激しくドアを叩き、引手を無理に引こうとする。

「どこへ行ってたの？　なにも言わずに。省吾、許しませんよ！　開けなさい。どうしたの、開けなさいって言ってるんですよ！」

「うるせえな、ほっといてくれよ！」

中から省吾が怒鳴り返した。

「おい、ちょっとどけ」

近内は喜子を脇へ寄らせた。

「省吾、そんなことをやっていても、なんにもならんぞ。悩んでいることがあるなら、お父さんやお母さんに話してみろ。え？　省吾」

喜子が、不意に近内の腕を押さえた。

「あなた……！」

見ると、喜子は目を見開いていた。

「どうした？」

「この……この臭《にお》い、なに？」

え？　と近内は周囲を見渡すようにして、鼻をうごめかせた。

何かが焦げているような臭いが、微かにする——。

「どけ！」

近内は喜子に場所を開けさせた。思い切り、ドアに体当たりした。ドアは開かなかったが、中で何かが外れたような感触があった。引手を力一杯、引っ張った。ガタガタとずれたような音を立てながら、それでもドアが半分ほど開いた。

「省吾！　なにをしている！」

部屋の中央に座り込んでいる省吾がこちらへ顔を上げた。省吾の膝の間に菓子の四角い缶が挟むように置かれている。その中へかざすようにして、省吾はノートのようなものに火をつけていた。

「やめろ！　火事を起こす気か！」

近内は、部屋へ飛び込み、省吾に駆け寄った。省吾が慌てたように燃え上がっているノートを缶の中へ押しつけた。火の残っている紙の断片が数枚、部屋の中へ舞い上がった。近内は、それを踏みつけるようにして火を消した。

省吾を振り返ると、缶の中のノートが、まだ薄く煙を上げていた。

「省吾……」

と、喜子が部屋の入口で気が抜けたような声を出した。

「あなたって人は……」

近内は、けぶっている空気を外へ出すために部屋の窓を開けた。省吾の前に立った。

「なにをやってるんだ。火事にでもなったらどうする」

「なりやしねえよ」

不貞腐《ふてくさ》れたように省吾が言った。

「それはなんだ？　なんのノートを燃やしていたんだ？」

突然、省吾が立ち上がった。

「うるせえな。出てけよ！」

近内の胸倉を、省吾が摑《つか》んだ。

「おい、省吾……」

「とっとと出てけよ！」

近内は必死に抵抗しようとしたが、省吾の力は想像以上に強かった。近内は、部屋の外へ押し出された。突き放され倒れそうになったところを、喜子に抱えられた。

「省吾！　お前——」

戻ろうとした近内の鼻先で、ドアが再び閉ざされた。

「省吾！」

今度は、どんなことをやっても、ドアは開かなかった。

「あのう……大丈夫ですか？」

はっと振り向くと、蜂須賀が階段の下り口のところで不安そうな表情をしてこちらを見ていた。

「いえ、あの……大きな音が聞こえたものですから、あの、すみません」

近内は、いや、と蜂須賀から息子の部屋のドアに目を返した。動悸が激しく胸を打っていた。目を閉じた。呼吸を整える。頭を軽くひと振りし、近内は息子の部屋の前を離れた。

あ、と蜂須賀が弾かれたように道を開けた。階段を下り、応接間へ戻った。

「みっともないところを見せてしまった」

言うと、蜂須賀は困ったように、いえいえ、と首を振り、気まずくなったのだろう、慌ててソファの上の封筒を取り上げた。もう一度、中の原稿を覗くようにして確かめ、

「どうも、失礼いたしました。本当にありがとうございました。では、これで私は失礼いたします」

半分、逃げるように腰を屈《かが》めた。

近内が玄関まで送ろうとするのを、いえわかっておりますから結構です、とそそくさと応接間を出て行った。

近内は、ソファに腰を落とした。

しばらく、ぼんやりとテーブルの表面を見つめていた。

どういうことなんだ……。

近内は、左の肩を押さえた。そこに先程ドアにぶつかった時の痛みが残っていた。

しかし、もっと大きな痛みが、近内の頭を締めつけていた。

手はつい煙草に伸びた。まずい煙草を一本灰にし、近内はソファを立った。もう一度、省吾の部屋へ向かった。

階段を上がると、省吾の部屋の前で、喜子が座り込んでいた。近内はドアの前に立った。ノックしようとして、ふと、その手を止めた。

中から、しゃくり上げるような省吾の泣き声が聞こえていた。

4

原稿を渡した後は、ゆっくりと寝《やす》むことにしているのだが、眠気などまるでなく、結局寝そびれた格好になった。省吾は、あのまま部屋から出て来ない。

夕食時、喜子と二人で食卓につき、近内は食欲のない腹に、黙々と飯を詰め込んだ。話さなければならないことは山のようにあった。それは、喜子にしても同じだったろう。しかし、二人の間にはほとんど言葉が交わされなかった。

箸を置き、近内はテーブルの隅に畳まれている夕刊を手に取った。喜子の出してくれたお茶をすすりながら、新聞を拡げる。視線は活字の上をただ滑っているだけだった。そこになにが書かれているのか、まるで理解できなかった。

新聞を読みたいと思ったわけではなかった。それが習慣だからというのでもない。とにかく、近内はなにかをしていたかった。近所をひと回り、ジョギングでもしてこようかとも思った。思っただけで、身体のほうは動かなかった。

いつの間に、あんなことになったのだろうか……。

近内は、記事を眺めながら考えた。

思えば、ずっと省吾と話をしていないような気がする。最後に話し合いなどをしたのは、いつのことだったろう。思い出せなかった。思い出せない自分が、なんとも腹立たしかった。

いや、もしかしたら……と近内は思い直した。もしかしたら、省吾が生まれてから、自分は一度として奴と話をしたことがないのではなかろうか……。そう思い、頭の後ろのあたりが冷たくなった。

確かに、言葉は交わしていた。しかし、それは日常の、単なる儀式のようなものにすぎなかったのではなかろうか。本当に省吾自身が話したいことを、オレは、もしかしたら知らないうちに拒絶していたのではないだろうか。

てめえにゃ、関係ねえだろ。

省吾にそう言わせたのは、奴の身体中にアザをつけた人間でも、奴にノートを焼かせる原因を作った人間でもなく、このオレ自身なのではないか。

オレが省吾に、お前など関係ない、というつき合い方をしてきたからこそ、奴はそう言ったのだ。省吾はもしかしたら、本当のことを口にしただけなのだ……。

だとすると、オレはいったいどうしたらいいのだろう？

答えはどこにも見つからなかった。

記事を上滑りしていた視線が、ある活字の上で不意に止まった。


『秋川学園《あきかわがくえん》大付属中学校』


という文字が記事の中に埋まっていた。

「おい、省吾の学校は秋川学園だな」

新聞から目を上げ、そう言った。

喜子は、あたりまえじゃありませんか、という目で近内を見返した。

「いや、他にあるか？　秋川学園って、同じ名前の学校」

「さあ、ないでしょう。知らないわ。どうして？」

「いや、ここに……記事に秋川学園大付属中学と書いてある」

「え？」

喜子が驚いた表情で、近内と新聞を見比べた。

「なんて……書いてあるの？」

「いや、これから読む……」

近内は記事に目を落とした。喜子が椅子から立って、近内の脇へ来た。テーブルに拡げた新聞を、腰を屈めて覗き込んだ。

「殺人……？」

喜子が声を上げた。

それは、中学三年生男子の他殺死体が発見されたという記事であった。

殺されていたのは、貫井直之《ぬくいなおゆき》といい、秋川学園に通っている十四歳の少年だった。

貫井直之は、六月十日の昨日《きのう》、学校から帰宅し、その後先き先を告げずに家を出た。しかし、夜中になっても帰らず、今日《きょう》になって家族が警察に知らせたのである。今朝、秋川学園近くの工場横の空き地で発見された少年の死体が、直之少年と判明したのは、昼近くになってからだった。直之少年は、全身に多数の打撲を負っており、現時点では、頭部の打撲と胸部の内出血が死の原因と見られている。

「……これ」

喜子が、喉につまったような声を上げた。

「この、貫井直之君って、省吾と同じクラスの子だわ……」

「ほんとか？」

近内は、喜子を見上げた。

「同じクラスの子よ。いつも、一番の成績を取る子だもの……」

声が震えていた。

近内は、もう一度記事を読み返した。

全身に多数の打撲を負って——。

妙な不安が、気持の中をよぎった。省吾のアザに連想がいった。慌てて、近内はそれを打ち消した。

新聞を持ったまま立ち上がり、近内はダイニングから廊下へ出た。そのまま、省吾の部屋へ階段を上がった。

「省吾」

ノックをしながらドアの中へ呼び掛けた。

「おい、貫井直之君というのは、お前のクラスだろう。貫井君が大変なことになったぞ。新聞に出てる」

言って、もう一度ノックしようとした時、いきなり向うからドアが開いた。

「…………」

無言のまま、省吾はひったくるようにして、近内の手の新聞を奪い取った。記事を食い入るように見ている。

「お前、貫井君とは仲が良かったのか？」

訊くと、それで気づいたように省吾は近内に目を上げた。睨むように近内を眺め、新聞を手に持ったまま、部屋へ入ってドアを閉めてしまった。

「おい、省吾……」

慌ててノックしたが、あとはまた同じことだった。

「省吾……」

びくともしないドアを見つめながら、近内は弱く呟いた。

5

寝《やす》まないでいいの、と言う喜子に首を振り、近内は書斎に戻った。

机の前に座り、電話に片手を載せ、しばらくそのままの格好でいた。受話器を取り上げる踏ん切りがつかなかった。

た。

そのことが、全身に打撲を受けていたということと同時に、近内を不安にさせていた——。

貫井直之という少年は、昨日の夕方から行方不明になっていた——。

省吾は、昨日《きのう》、あれからどこへ行っていたのだろう……。

省吾もまた、昨日《きのう》は家へ帰らなかった。帰って来たのは今日《きょう》の午後になってからだ。その間、奴はどこにいたのだ？

ばかな……。

近内は、その自分のくだらない考えを否定した。

そんなことがあるわけはない。

受話器を取り上げた。新聞社の番号を回した。

「文芸部の小杉《こすぎ》君をお願いします」

近内は、小杉記者に社会部の記者を紹介して貰えないだろうかと頼み込んだ。

「はあ、いいですよ。何かの取材ですか」

近内の仕事での必要だと、小杉は考えたらしい。そうなんだ、という言葉が出掛かったが、嘘をつくのはやめにした。

「いや、今日《きょう》の新聞に出ていたんだが、秋川学園の生徒が殺されたでしょう」

「秋川……ええ、ありましたね。ひどい事件だったみたいですね」

「あの殺された生徒、実は、ウチの子供の同級生なんですよ」

「ええ？」

電話の向うで小杉が座り直した様子が目に浮かんだ。

「ウチの子供もあそこに通っているんです」

「ほんとですか？　いや、ぜんぜん存じませんでした……」

「うん、それでね。その事件を担当している記者の方に、ちょっと事件の詳しいことを教えていただけないだろうかと思いましてね」

「わかりました。ちょっとお待ち下さい」

小杉が席を離れる気配があった。しばらくして戻ってきた。

「あ、お待たせしました。ええと、今、席を外しているようです。摑《つか》まり次第、先生のほうへ連絡させますので、それでよろしいですか？」

「ええ、結構です。無理を言ってすみません」

受話器を置き、よかったのだろうかとまた不安になった。オレは、余計なことをやっているのではないか。

その社会部記者から電話が掛かってきたのは、それから二十分ほど経ってからだった。記者は、時枝健作《ときえだけんさく》と名乗った。

「――ご迷惑とは思うんですが」

小杉記者に言ったことをもう一度伝えると、時枝は、とんでもないです、と大きな声で言った。

「お役に立てることならいつでもどうぞ。いや、被害者の同級生にまで、まだ調べがいきませんで、本来ならこちらからお電話すべきだったんです。ええと、先生のお時間はよろしいですか？」

「時間……？　と言いますと？」

「いえ、よろしければですね、これからさっそくお宅へ伺わせていただいてですね……」

「あ、いや、ちょっと待って下さい」

近内は、慌てて時枝記者の言葉を遮《さえぎ》った。電話したことを後悔した。

「いや、今日《きょう》は急ぎの仕事を抱えているもので、これからというのは……」

「ああ、そうですか。いつがよろしいでしょう？」

「そうですね。明日《あした》の午後は、時枝さんのご予定はいかがですか？」

「いえ、結構ですよ。時間を指定していただければ、参上します」

「いや、明日《あした》、私は外へ出ますので、どこか外でお会いできたらと思うんですが……」

省吾のいるところへ新聞記者を来させたくはなかった。

午後三時に銀座の喫茶店で会うという約束をし、近内は電話を切った。
少し寝ておかなければ、と椅子から立ち上がった。すぐに眠れる自信はまるでなかった。

6

近内の自宅から秋川学園までは、私鉄を二本乗り換える。郊外の広い敷地に大学から小学校までが入っているのだと、喜子から聞かされてはいたが、実際に近内が息子の通う学校へ足を運ぶのはこれが初めてだった。そんなことに、いまさら気がついた。

駅前からアーケードを被った商店街が続き、その賑やかな通りを抜けて国道を越えると、低い家並の住宅地に入る。前方に高層の団地が壁のように迫《せ》り上がっている。団地前の公園を迂回し、電機メーカーの工場が途切れたあたりからが、秋川学園の敷地であった。

想像していたよりも、ずいぶん綺麗な学校だった。銀杏《いちょう》並木の両側に建物がほぼ対称的に配置され、その向うには広いグラウンドが見えている。

ちょうど昼休みが始まったばかりらしく、早めに食事を終えた生徒たちが、口々に声を上げながら校舎から走り出て来る。近内はその中の一人に声を掛けた。中等部の職員室は右側の建物の一階にあると教えられ、まずは真直ぐそちらへ向かった。

「三年A組の植村《うえむら》先生は、いらっしゃいますか？」

ドアを入ったところで、近内は、すぐ脇の机で弁当を拡げている女性教師に訊ねた。

「植村先生」

女性教師が声を上げ、窓に近い机から一人の教師が立ち上がった。三十を過ぎたばかりという感じだろうか、植村守男《もりお》教師は青白い顔でひょろっと背の高い眼鏡の男だった。

「さきほどお電話させていただきました、近内省吾の父親でございます。いつも、息子がお世話になっておりまして」

あ、と植村教師は机の上の弁当箱を下に敷いた新聞紙ごと奥へ押しやり、空いている椅子を近内のために用意した。

「お食事中でしたか。では、あの、向うで待たせていただいて……」

「いえいえ、構いません。はじめまして、植村です。どうぞ、お掛け下さい」

来る時間を少し後にすべきだった、と思いながら、近内は勧められるまま椅子へ腰を掛けた。

「電話をいただいたそうで、ご心配をお掛けして申し訳ありません。我々がぼんやりしておりましたものですから、息子がズル休みをしていることも、まるで知らなかったような有様で、なんともお恥ずかしいようなことです」

はい、と植村教師は頷《うなず》いた。目のあたりに疲れているような様子が見えた。自分のクラスの生徒が殺されたようなことがあっては、それも無理はない、と近内は同情した。

「近内君は、とても快活な性格で、クラスでも他の生徒に人気があるんです。それが、どうして急に休むようになったのか、実は、僕のほうでもわけがわからないような状態なんですよ」

「はあ……何か、学校で厭なことがあったとか、そういうことではないんでしょうか？」

「どうでしょう。本人にも聞いてみたんですが、身体の調子が悪いとか、そんなことばっかりで、ロクな答えを聞かせてくれません。まあ、厭なことというのはこれだけいろんな生徒がいますからね、その間で多少のことはあると思うんですが、しかし、このところ頻繁ですのでねえ……」

「頻繁……あの、家内がお聞きしたところでは、もう二週間ぐらい――」

「ええ、出たり休んだりという状態です。ええと……」

と、植村教師は机の書類の間から黒い表紙の綴りを引き抜いた。それを、パラパラとめくり、机の上へ拡げて置いた。

「ウチのクラスの出欠簿です。これが近内君ですね。ほら、ええと、二週間ほど前までは、きちっと出ているんですが、この『欠』と赤い文字が欠席です。『遅』は遅刻、『早』は早退ということなんですがね」

近内は、なるほどと思いながら出欠簿の表を眺めた。

それによると、省吾が最初に休んだのは五月二十八日の火曜日だった。今日《きょう》が六月十二日だから、丸々、二週間前からということになる。驚いたのは、欠席ばかりでなく、早退もずいぶん多いということだった。ほとんど二、三日に一度は休み、残りの日は早く学校から帰っている……。

近内は今日《きょう》の日付を見た。『欠』という赤い文字が書き込まれていた。それは近内も承知している。人に会うからと家を出てきた時も、省吾はまだ自分の部屋に閉じ籠もったままだったのだ。

しかし、近内は、出欠簿を眺めていて、もう一つのことに気づいた。『欠』の書き込みが多いのは、省吾だけではなかったのである。

五月から六月を通して眺めて見ると、出欠簿には五月の中頃から赤い書き込みが点々と多くなっているような印象を受ける。どうやら省吾以外にも七、八人の生徒たちに、その赤い書き込みは集中しているようだった。

「休む生徒さんは、結構多いものなんですね」

そう訊いてみると、植村教師は、いや、と大きく息を吐き出した。

「どうも妙なんです、この頃」

「妙……この欠席が、ですか？」

植村教師は、小さく頷きながら指先で出欠簿の上を、トントン、と叩いた。

「以前は、こんなこと、なかったんですがねえ……」

近内は、視線を出欠簿と植村教師の間で往復させた。

「どういうことなんですか？　省吾の他にも……あ、いや、息子と同じような生徒さんが他にも？」

「このひと月ぐらいのうちに、急に欠席だとか……そんなことが、多くなりましてね」

植村教師の言葉には、なにかの含みが感じられた。

「あの、実は、先生――」

近内は、話をしてみることにした。

「先生、息子が身体中にアザを作って帰ってきたんです」

「アザ……？」

「はい。本当にびっくりしました。背中にも胸にも腹にも……とにかく全身がアザだらけなんですよ。家内の話ですと一週間ぐらい前に作ったアザだろうということなんですが、本人はそのことを何も言おうとしません。アザを親に見せないために風呂にも入らないような具合なんです」

「……近内君が、アザを。お父さん、それ本当ですか？」

植村教師は、眼鏡の位置を直すような仕種《しぐさ》をしながら訊き返した。

「ええ。私が思うには、息子は友達と何かイザコザのようなことを起こしたんじゃないだろうかと……それで、リンチのような目に遭ってですね、学校へ行かないというのも、それが厭で――」

「リンチ……」

「いや、私の想像なんですが、とにかく、そうとでも考える他、思いあたらないんです。息子が話してくれないのも、その、話したことがバレると、もっとひどい報復を受けるようなことになるのが怖くて……」

「…………」

植村教師は、眉根を寄せたまま眼鏡を外し、ポケットからハンカチを取り出して、レンズを拭き始めた。

「今、先生から他の生徒さんも、やはり息子と同じように欠席などが多くなっていると伺って、それで、そんなことを思ったんですが、先生は、なにかお気づきのようなことは……」

言いながら近内は、灰皿がないかと植村教師の机の上を見渡した。しかし、それらしきものはどこにも見当たらなかった。

植村教師は、眼鏡を掛け直すと、また溜息のようなものを、ひとつ、吐《つ》いた。

「それが、僕も知りたいところなんですよ。このひと月ほどの間に、急に生徒たちが離れてしまったような気がしているんです」

「離れて……？」

「ええ。世間でいろいろ取り沙汰されているような問題は、この学校にはいままでまるでありませんでした。生徒はみんな明るくて、伸び伸びとしていたし、我々教師と生徒との関係も、実にうまくいっていました。それが、最近になって三年A組を中心にして、急に妙なことになってきたんです」

「……その、妙な、とおっしゃるのは、たとえば校内暴力といったような？」

「いえ……そこまではっきりしたものは、まだ現れていません」

植村教師は、ほんの少し口籠もるように言った。貫井直之の死に思いがいったのだろう。

「というと、どのような？」

「いや、もちろんこれまでも、小さな喧嘩のようなものはありました。むしろそれはあってあたりまえですからね。しかし、はっきりした非行が見られるようになったのは、ほんの、このひと月ぐらいなんです」

「非行……」

近内は、植村教師が喜子と同じ言葉を使ったのを意外に思った。

「非行というのは、具体的には？」

「まあ、小さなところでは、授業態度が悪化し始めていることですね。授業中にラジオを聴いている生徒が何人もいたり、突然、さわいだり、紙屑をまきちらしたり」

「ラジオ……」

まあ、かわいいものじゃないかと、近内はむしろ思った。

「当然、そういう生徒の成績は落ちてきます。まあ、そういうことだけだったら、まだよかったんですが……」

「それは、ウチの息子も、ということでしょうか？」

植村教師は、ええ、と頷いた。

「一度——あれは、先々週の土曜日でしたか、生徒たちからラジオを没収したんです。あ、いや、没収というか、預かったわけですがね、もちろん」

「はい」

「四台のトランジスタ・ラジオを取り上げました。その中の一台は、近内君の持っていたものです」

「はあ……それは、どうも、申し訳ありません」

「あとで本人を一人ずつ呼んで返しました。学校にラジオを持って来ることは禁止されているんです」

「以後、注意いたします」

近内は、椅子の上で腰を屈めた。

「お子さんの持物とかですね、一応、お母さんが目を通されるようなことだけでも、ずいぶん違うと思うんですね」

「はい」

頷きながら、近内は、自分が植村教師の言葉を遮ったことを思い出した。それだけならよかったのだが……と、確か言いかけたのではなかったか。

「もっと問題になるようなことを息子が起こしているんでしょうか？」

「いや、近内君ということじゃありませんが、こちらが頭を抱えるようなことを、生徒がやりはじめたのは確かです」

「どんな……」

「下級生を脅してお金を巻き上げたとか、万引をやったとか」

「万引……」

「ええ、親の金を無断で持ち出したという生徒もいます」

あ、と近内は植村教師を見返した。

「無断外泊を平気でするようになったり、この前は、警察から電話が掛かってきまして、子供を保護していると言うんですね」

「警察？」

「ええ、ウチのクラスの女生徒でしたが、親の名前をどうしても言わず、学校のほうを答えたらしいんですね。それで僕が警察へ行きました」

「どうして、警察に？　万引ですか？」

「いや……」

植村教師は、戸惑ったように口を閉ざした。とってつけたような感じでつけ加えた。

「まあ、夜、繁華街をぶらついていたというようなことですけど」

「…………」

もっと違うことであるらしいと、察しはついた。

近内は、机の上の出欠簿に目を返した。

「そういったことが、このひと月ぐらいのうちに起こり始めたというんですか？」

「ええ、まったくわけがわかりません。ほんのこの前までは、そういった雰囲気はまるでなかったんですがね。いいクラスでしたよ」

どういうことなのか……と、近内は思った。省吾も、どうやら、その異常現象の一つであるらしい。

何が、起こっているのか……？

気がついて、近内は恐る恐る訊いてみた。

「あの……貫井君も、やはり、そういった変化が？」

植村教師は、黙ったまま近内を見つめた。ゆっくり首を振った。

「いえ、貫井は優秀な生徒でした。彼が非行に加わるようなことは、まず、ないでしょう。頭の良い子でしたから」

「そうですか……いや、すみません。あのう、息子と親しい生徒さんというと、誰でしょうか？」

「近内君と親しい生徒ですか？　まあ、それは生徒たちに訊くのが一番でしょうが、そうですね、喜多川《きたがわ》勉《つとむ》や浅沼英一《あさぬまえいいち》なんかと、よく一緒に見掛けることが多いようですね。ああ、それと、お話の貫井直之とかね」

「………」

近内は、思わず植村教師を見返していた。

7

職員室を出た後、昼休みが終わらないうちにと思って、近内は階段を上がり三年A組の教室へ行ってみた。

教室の前で、飛び出してきた男子生徒と危うくぶつかりそうになった。

「あ、君……」

と声を掛けたが、男子生徒はすでに廊下の向うへ走り去っていた。

教室を覗き、手近な机で雑誌を眺めている二人の女生徒を見つけた。

「喜多川君か、浅沼君って、どこにいるだろう？」

え？　と二人の女生徒が顔を上げた。近内の顔をしげしげと眺め、二人で顔を見合わせた。一人が近内のほうへ目を返しながら首を振った。

「休み」

「休み……二人とも？」

「喜多川……クンが」

「ああ、そう。浅沼君は？」

「えっと……」

彼女は、教室の中を見回した。また首を振った。

「校庭かなんかじゃないですか」

校庭に出られては見つけにくいな、と思いながら、不審な表情の彼女たちに気づいた。

「ああ、私は近内省吾のオヤジなんだけどね」

え、ウソ……と、突然、言葉が返ってきた。その「ウソ」という言葉の意味が、どの程度のニュアンスを持っているのか、近内には摑みにくい。ホントだ、と言い返すのもおかしいような気がする。頷いてみせるだけにした。

「この頃、省吾の様子がなんとなく変なんだよ。よく休むだろ」

「ええ、今日《きょう》、来てませんよ」

とたんにニコニコしながら、片方の女生徒が答えた。その隣へ、しきりに肘テツを送っている。どうも、意味が摑めない。コイツが近内君のオヤジだってさ、ぐらいの意味なんだろうか。

近内は、教室の中を見回した。十四、五人の生徒がいた。半数ほどの生徒が、それまでやっていたことを中断して近内のほうを眺めている。

窓際の一番前の机の上に、花が飾られているのが目についた。あれが、貫井直之の机だったのだな、と近内は見当をつけた。

「友達に最近の省吾のことを教えて貰おうと思ったんだけど、省吾と仲の良いグループというと、誰なのかな？」

「グループ？　チョコレートゲームの連中のことだったら……」

言いかけた彼女を、隣の女生徒が「留美《るみ》」と突ついた。留美、と呼ばれた彼女は、あ、そうか、失敗、というように瞳だけ天井のほうへ向け、可愛い舌をペロッと見せた。

「なんだい？　そのチョコレートゲームって？」

「ううん、なんでもない、なんでもない。近内クンのことだったら、逸子《いっこ》に訊くのがいいんじゃない？」

「逸子？　誰？」

「あ、坂部《さかべ》逸子。彼女、近内クンとはイイセンみたいだから」

留美はまた隣から突つかれた。

イイセン……。

そうか、中学三年ぐらいなら、そういうカップルがあってもおかしくないわけだ。近内は、一応、そう思ったが、省吾に「イイセン」の女の子……と考えて、どうも妙な気持になった。

「その坂部さん、どこにいるだろう？」

留美の隣の女生徒が「ほらあ」と、責めるような声を出した。まあ、この意味は、近内にも大体の想像がついた。「あとで逸子にうらまれても知らないから」というような言葉が後ろへつくのだろう。

「校庭にいるんじゃないですか」

「悪いけど、教えてもらえないかな」

留美は立ち上がり、跳ねるような足取りで窓のほうへ走って行った。窓から下を覗き、ひょい、と首を伸ばすようにして近内のほうへ振り返った。ピラピラと手を振りながら、近内にこっちへ来いと呼んでいる。

近内は、教室中の視線を浴びながら、留美のほうへ歩いた。窓まで行くと、留美が下を指差した。

「あそこ」

「どこ？」

「木の前にベンチあるじゃん？　そこでマンガ読んでるコ」

なるほど銀杏の木の下にベンチが置かれている。そこに女生徒が一人、本を拡げていた。それがマンガかどうかまでは見えなかった。

「どうもありがとう」

近内は留美に礼を言い、急いで教室を出た。後ろで、「一人でイイコになって、バアカ」と留美が言われているのが聞こえた。その言葉に、留美が言い返した。

「あ、知らないんだろ。近内のオヤジ、あれ、小説書いてんだから」

どうにも、複雑な気持がした。

8

留美たちが好奇の目を窓にくっつけていることだろうな、と思いながら近内は銀杏の下のベンチへ歩いた。頭上からの視線を意識するのは、あまり気持のいいものではない。

「坂部逸子さん？」

声を掛けると、逸子は、驚いたように顔を上げた。

ほう……と、近内は当惑に似た思いを味わった。逸子が大人っぽい表情を持っていたのが意外だったからだ。他の生徒と同じようにブレザーの制服を着ているが、街中で普通の格好をしている彼女を見たら、とても中学三年生には思えなかったろう。

これが、省吾とイイセンの女の子か……。

父親と息子は、好みもあるいは似るのかも知れない。近内は余計なことを思った。

逸子が膝の上に拡げているのは、留美が言った通りマンガだった。大きな眼を見開くようにして、逸子は近内を見上げている。

「坂部さん?」

近内は、もう一度訊いた。

「そう……ですけど」

「びっくりさせてしまって申し訳ない。私は近内省吾のオヤジなんです」

逸子が、膝の上のマンガを閉じた。途端に表情が硬くなった。

「ここ、いいかい?」

え? と逸子はどぎまぎしたような目で近内を見返した。

「腰を下ろしても、構わないかな」

「……………」

逸子は下を向いた。前方の地面に投げている視線が、落ち着きなく動いている。近内は、逸子の隣に腰を掛けた。

「君に、お願いがあるんだ」

そう言うと、逸子の肩のあたりがピクンと動いた。

「助けてもらえないだろうか」

「……………」

不安気な目で、恐る恐る近内を見る。

「この頃、どうも省吾の様子がおかしいんだよ。何か悩みがあるんじゃないかと思うんだが、私にはまるで話してくれない。省吾が、今、どんなことで悩んでいるのか知りたいんだ」

逸子がゴクンと喉を波打たせた。

「親には話せないことでも、友達には話せるんじゃないかと思うんだ。君は、省吾から何か聞いていないだろうか」

「あの……どうしてそんなこと、あたしに言うんですか？」

逸子の手がマンガを握り締めている。そこに力が入っているのが、近内にも見えた。

「坂部さんが、省吾と仲良くしてくれていると聞いたからだよ。そうじゃないの？」

逸子は、眉を寄せるようにして下を向いた。小さく首を振った。

「省吾とは、よく話なんかするんだろ？」

「……わかりません」

しかし、それは明らかに肯定の答えだった。

「学校じゃどうなんだろうか？　坂部さんから見て、最近の省吾に前と違っておかしいところはないかな」

「………………」

「私も知らなかったんだが、省吾はこの頃、頻繁に学校を休んでいるらしい。理由があると思うんだよ。これまではこんなことなかったんだ。急に休みが多くなった。学校にも家にも黙って休んでる。君は、省吾から何か悩みを打ち明けられたようなことがなかったかな？」

逸子は、黙ったまま首を横に振った。目は前方の地面に落としたままだ。

近内は、この坂部逸子が何かを恐れているように感じた。その恐れが、近内に向けられているのか、あるいは省吾に対するものなのか、逸子の硬い表情だけで、推し量るのは難しかった。でも、少なくとも、逸子は省吾の変化について何かを知っているらしい……近内は、そう感じ取った。

「学校を休んだ日は、どこへ行っているんだろう。坂部さんに心当たりはない？」

「知りません」

逸子は、相変わらず下を向いたままで、そう言った。

「そう……」

言葉が途切れた。どのように話を引き出せばよいのか、見当がつかなかった。ポケットから煙草を取り出そうとして、思い止まった。ここが学校であり、話をしている相手が中学三年生の女の子だということを思い出した。無性に煙草が吸いたくなった。

「おい、浅沼！」

ベンチの後方から大声が聞こえて、近内はそちらを振り返った。男子生徒が一人、肩を怒らせるようにして校舎のほうへ歩いている。その彼の向かっている前方で、もう一人の男子生徒が脅《おび》えたような表情をして立っていた。

浅沼——植村教師の言った浅沼英一だろうか？

近内は、逸子を振り返った。

「ねえ、あの校舎のところに立っているの、あれが浅沼英一君？」

逸子は、黙ったまま頷いた。

「ああ、やっぱりそうか。じゃ、浅沼君のところへ歩いて行く彼は？」

「……菅原《すがわら》」

小さな声で逸子が答えた。

「菅原？　菅原、なんていうの？」

「菅原玲司《れいじ》……」

その逸子の語感には、なにか敵意に似たようなものが感じられた。

「やっぱり三年A組？」

逸子が頷いた。

二人に目を返すと、むりやり腕を引っ張るようにして菅原玲司が浅沼英一を歩かせていた。校舎の裏へ向かっているようだった。明らかに、英一は玲司を恐れているように見えた。

「あの、あたし……」

隣で、逸子が立ち上がった。近内と一緒にいるのが気まずくてしかたなかったのだろう。

「坂部さん」

行こうとする逸子を、近内はもう一度呼び止めた。

「今度、ウチに遊びに来てくれないか。きっと省吾も喜ぶと思うから」

「…………」

逸子は、戸惑ったような目で、一瞬近内を見た。振り切るようにして、浅沼英一たちが向かったのと反対の方向へ走って行った。

難しいな……。

去って行く逸子の後ろ姿を眺めながら、近内はそう思った。

近内は、ベンチから立ち上がった。先程の浅沼英一と菅原玲司のことが気に掛かっていた。

校舎の脇を回って行くと、裏庭には花壇が作られていた。大勢の生徒たちの中に、しかし、英一と玲司の姿はなかった。テニスコートを挟んで、向うに体育館のような建物が見える。近内は、そちらへ足を向けた。入口から覗くと、体育館の中も生徒たちで一杯だった。バスケットボールをやっている向うでは、ギターを抱えた数人が声を張り上げてフォークだかロックだかを演奏している。相撲を取っているグループがいる。隅にかたまってただ話をしている連中がいる。だが、ここにも英一たちの姿はなかった。

近内は、体育館の裏へ回ってみた。けやきの植えられた塀際に、細長いプレハブが建っている。スポーツ部の部室かなにかだろう。このあたりにはまるで生徒の姿がなかった。もしかするとと思い、近内はそのプレハブのほうへ足を向けた。運動部の名前が書かれたドアを一つ一つ眺めながら歩いて行くと、「野球部」というプレートの掛かっているドアの内側で怒鳴り声がした。

「違うよ！　しらねえよ、オレ！」

「嘘つけ、バカヤロウ！」

派手な音が聞こえ、近内は慌ててドアを開けた。ロッカーだらけの狭い部屋の中央で、菅原玲司がこちらを振り返った。その向うの床に浅沼英一が倒れている。二人は、びっくりしたような表情で近内を見つめた。

「何をしてるんだ、君たち……」

言うと、突然、菅原玲司がこちらへ向かってきた。思わず近内は身を退いた。敵意の籠もった目付きで近内を睨み、玲司はすり抜けるようにして部室を出て行った。あっという間に体育館の向うへ消えた。

近内は、床の浅沼英一を振り返った。

「大丈夫か、君？」

近付くと、英一はびくびくしたような表情で自分から起き上がった。

「君、浅沼英一君だね？」

え……？　と、英一が目を丸くした。

「どうしたんだ？　菅原君となにかあったの？」

「…………」

英一は、あんたは誰だという目で近内を見ている。

「私は、近内省吾のオヤジなんだ。いや、省吾の友達にあって話がしたいと思ってね。植村先生のところへ用事があったついでに……」

「しらねえよ」

英一が、遮るように言った。

「オレ、関係ないじゃん」

「まあ、そうだろうけどさ。浅沼君が省吾と仲が良いって教えてもらったからね」

「しらねえもん」

英一は、そう言って部室を出ようとする。

「いや、ちょっと待ってくれないか」

近内は英一を引き止めた。

なにか、おかしな気がした。逸子もある意味ではそうだったが、どうして英一はこちらが何も訊かないうちから逃げ出そうとするのだろう。「しらねえよ」というのは、何について知らないということなのか？

「この頃、省吾がしょっちゅう学校を休んでいるだろ？　何かあったんじゃないかと思うんだよ。浅沼君に、省吾はなにか言ってなかったかな」

「しらないったら！」

英一は振り切るように言った。

ふと、留美の言った言葉を思い出した。

「ねえ、浅沼君。ちょっと聞いたんだが、チョコレートゲームっていうのは、どういう遊びなの？　君や省吾もよくやるんだろ？」

「…………」

英一が、目を見開いた。
二、三度首を振り、いきなり近内の脇を通って部室の外へ飛び出した。
「あ、おい、浅沼君！」

英一は振り返りもせず、体育館の向うへ走って行った。まるでわけがわからなかった。近内だけが、そこへ取り残された。

チョコレートゲーム……。

なんだろう？　と近内は思った。

留美と呼ばれた女の子は、「チョコレートゲームの連中なら」と口をすべらせ、それを慌てて取り繕《つくろ》った。英一の今の反応は、それよりもずっと激しいものだった。

「チョコレートゲーム……」

部室のドアを閉め、浅沼の走り去った方角へ足を向けながら、近内は小さく呟いた。

9

約束の時間に銀座の喫茶店へ行くと、時枝記者は二階の窓際の席で近内を待っていた。

昨日《きのう》の電話で聞いた声の感じから、もっと若い男を想像していたのだが、時枝健作は頭に白いものが混じり始めた小太りの男だった。

「いやあ、電話を頂戴しまして、あれから私のほうでも少し調べましてですね、あの、省吾君とおっしゃるんですね、息子さんのお名前」

「は？　はあ……」

挨拶が済むなり、時枝にそう言われて、近内はいささか慌てた。ウエイトレスに渡されたメニューを眺め、注文を考えているように装いながら、やはり新聞記者などに事件の詳細を聞こうなどと思ったのは早計だったかも知れないと、自分の考えの浅さを悔やんだ。

メニューの中に、チョコレートパフェ、というのがあった。むろん注文する気持はなかったが、その文字の上で、近内はしばらく目を止めていた。結局、コーヒーにした。

「省吾君は、あれですか。やはり、かなりショックだったでしょうね。同級生が、あんな目に遭うなんてことがあると」

「……そうですね」

なるほどね、と時枝は勝手に納得したように大きく頷いた。

「そう思いますよ。びっくりしたでしょうね。で、その、どう言ってますか？　今度のことについて息子さんは」

「いや……なにも話してはくれません」

「ああ、そうか。そうだろうなあ。ショックですものねえ。仲が良かったんでしょうね、省吾君と貫井直之君とは」

「いや、私は……息子の友達については良く知らないんですよ。それより——」

近内は、勝手に話を進めようとする時枝にブレーキを掛けた。

「事件の詳しいところを教えてもらえませんか」

時枝は、ああ、そうそう、というように頷き、手帳を取り出してページを繰った。

「警察側が発表してくれたことと、我々が調べたことがありますから、一応、分けてご説明します」

時枝は、そう前置きした。

「被害者の貫井直之君は、秋川学園大付属中学の三年A組に在籍していて——あ、まあ、これはご存じですよね。六月十日、つまり、事件の当日ですが、彼は、自宅へ四時頃に帰っています。そして、制服を普段着に着替えて、家族に行き先を告げぬままに、四時二十分頃、家を出ています」

それが、時枝の癖なのか、説明しながら手帳のメモの文字を強調するように鉛筆で丸く囲んでいる。

「事件の起こった現場は、秋川学園から少し離れたところにある工場用地です。現在、空き地になっていて、一応柵で囲ってあるんですが、子供たちがよく遊び場なんかにはしていたようですね。草が一面に生えていましてね、ちょっと広い場所ですから、子供の遊び場としては最高ですよ」

「人通りなんかは、あまりないんですか？」

運ばれてきたコーヒーを横目で眺めながら、近内は訊いた。

「いや、昼間はけっこうあります。その空き地の奥に団地なんかがありましてね、駅前の商店街に買物に行く奥さんなんかは、みんなその空き地の前を通るんです。夜になると、ちょっと寂しいですがね。しかし、帰宅する亭主なんかが、まあ通りますしね。まったく人の通りがなくなるというと、やっぱり真夜中でしょうね」

「犯行が行なわれた時間というのは？」

「死亡推定時刻は、少し幅がありますが、午後六時半頃から八時半頃ということですね」

「……だとすると、その時間は人通りもあったわけですね」

「ええ、実際、目撃者が出ています」

「目撃者？　犯行を目撃した人間がいるんですか？」

「いや、犯行そのもの、というのは残念ながら、まだそういう目撃をした者は発見されていません。これからの捜査で、まだわかりませんけどね。その空き地から、八時少し前に、少年らしい人影が二人走り出て来たというのを見た人間がいるんです」

「少年……」

近内は、眉を寄せた。時枝が、頷いた。その頷きの意味するものが、はっきりとは摑めなかった。

「少年二人、ですか？」

「ええ、だったようです。時刻としても、ちょうど一致していますしね。……まあ、ただ、私もその目撃者に会って話を聞いてみたんですが、勤め帰りのサラリーマンでしてね。ちょっと目撃がはっきりしてるとは言い難いところもあるんですね」

「というと？」

「いや、目撃者が名乗り出たのは新聞に記事が載った後です。そこに被害者が中学三年生と書かれているのを見て、その人影を少年と言っているんじゃないかとも思えるんですよ。服装とか顔なんかはほとんどわからないような状態ですしね。まあ、見た感じが大人じゃなかったという程度なんでしょう」

「その人は、どんな具合にその二人を見たんですか？」

「その空き地の前を八時少し前に——というのは、自分のアパートへ帰りついたのが八時頃だったから、なわけですがね。八時少し前に歩いていた。と、空き地を通り過ぎた時に、後ろでバタバタと足音が聞こえた。それで振り返ってみたら、空き地から飛び出してきた二人が駅のほうへ——つまり、そのサラリーマンがやって来たほうへ駆けて行ったと、まあ、そんな具合なんです」

「…………」

少年二人……。

近内は、煙草に火をつけながら、コーヒーカップを見つめた。あまり気分のいい話ではなかった。顔を上げて、時枝に目を返した。

「新聞では、全身に打撲の痕があったとありましたが……」

「ええ。残酷なもんですよ。殴ったり蹴ったり、ひどい暴行を受けたようですね」

「死因というのは……」

「直接の死因は、肺臓内出血による窒息が原因です。我々が調べたところでは、被害者の貫井直之君は、あまり頑丈とは言えない身体だったようですね。成績は抜群に良かったそうですが、病気が多かったようです。胸を殴られたか蹴られた時に、肺の中が破れて出血したんですね。頭にも何ヵ所か打撲の痕がありましたが、直接の死の原因としては窒息ということです」

「…………」

省吾の身体中につけられたアザを、近内はまた思い出していた。そして、さきほど野球部の部室で見た光景に連想がいった。

菅原玲司……。

省吾にアザを作ったのも、あの玲司という少年だろうか？

「動機というか、事件の起こった背景のようなものは、わかっているんですか？」

「いや……」

時枝は、自分のコーヒーを一口飲んで首を振った。

「はっきりしたことは、これからです。警察としては、まず、金が目当てではないかという見解を持っているようですね」

「金？」

意外な言葉に、近内は時枝を見返した。したり、という表情で時枝が頷いた。

「このことは、まだ発表されていないんですが、これが今度の事件の最大のポイントですよ」

「……どういう意味ですか？」

「額ですよ。被害者の持っていた金の額です」

時枝の言っている意味が、どうもよく理解できなかった。

「貫井君が、金を持っていたということですか？」

「ええ。二百万の金をね」

「二百……？」

近内は、目を見開いた。

「二百万？」

時枝が、身を乗り出すようにして頷き返した。

「貫井君が、そんな大金を持っていたんですか？」

時枝は、手帳のページを繰った。

「現場の空き地へ向かう前に、貫井直之君は、銀行に寄って貯金を下ろしています。彼の普通預金口座には——これは直之君の両親も知らなかったことですが、二百万以上の金が入っていたんです」

「……いや、しかし、中学生が、そんな大金をどうして？」

「わかりません。まあ、最近の子供は、我々大人がびっくりするようなお金を持っていますからね。たとえば、正月のお年玉では、十数万とか、それ以上の実入りがある子供も多いといいますね。特に、秋川学園のような、まあ、上流階級の……というと妙な言い方になりますが、あそこへ通っている生徒さんの親御さんは、みな社会的に立派なポストを持っている方たちばかりですからね」

近内は、いささか厭な気持がした。時枝の言葉が厭味に聞こえた。

「ですから、小遣いの額だって相当なものでしょう。学校への送り迎えとか、黒塗りの車で運転手つきという子供も多いと聞きますしねえ。もしかすると、いや、たぶん小遣いなんかは、我々サラリーマンより、ずっと多いんじゃないでしょうかね。近内さんのところでは、月々の小遣いというと、どのぐらいを渡されているんですか？」

「いや……」

と、近内は言葉に詰まった。

「そういうのは家内がやっているから、私は……」

「ああ、なるほどね」

なにかを含むように、時枝は近内を眺めた。近内は、話を元へ戻した。

「それで、貫井君が持っていたという二百万の金は？」

「ええ」

と時枝は頷いた。

「どこにもありませんでした」

「その犯人が、奪ったということですか？」

「と思われますね。いや、実はですね、近内さん」

時枝は、テーブルの上に肘をつき、声を落とした。

「これも、発表されてませんが、もう一つあるんです」

「もう一つ……？　なにが？」

「直之君はですね、銀行でその二百万を下ろし、その足でサラ金に行っているんですよ」

「……サラ金？」

近内は眉を寄せた。

「金を借りようとしたそうです。まあ、実際にはサラ金のほうでも、相手が中学生とあっては貸すわけにもいかないし、それに金額が大き過ぎたので追い返したようですけどね」

「金額が大きいというと？」

「四百万を貸してくれと言ったんだそうです」

「…………」

近内は、唖然として時枝を見つめた。冗談で言っているのではないだろうか、とそんなふうに思った。

中学生が銀行から二百万を下ろし、その足でサラ金に寄って、さらに四百万を借りようとした。そんなことがあるものだろうか？

「信じられないようなことですが、本当なんです」

近内の気持を読んだものか、時枝はそう重ねた。

「ようするに、その四百万は借りることができなかったわけですが、直之君は二百万の大金を持って、現場へ行ったわけですね。それが、最初からそこへ行くつもりだったのか、どこか違う場所へ行こうとしていて、銀行からあとをつけてきた二人組に襲われたものか、そこのところはわかりません。しかし、とにかく直之君の持っていた筈の二百万円は、現場のどこにもなかったんです」

　貫井直之は、なにか強請《ゆす》られでもしていたのだろうか、と近内は考えた。しかし、強請《ゆすり》にしても、中学生を相手に二百万、いや、借りようとしていた金を併せれば、六百万円もの金額を要求するような……そんなことは想像もつかない。

　いったい、どうして直之はそんな金が必要だったのだろう……？

「まあ、この事件の最大の謎ですね。犯人の動機は金だったとしても、被害者がそれだけの金を携帯していたことの意味がまったくわからない。家族も、それを聞かされてただ呆然としているような状態ですよ」

　時枝は、得意気にそう言い、コーヒーを飲み干した。近内は、新しい煙草に火をつけた。

「ああ、それと、被害者の所持品として、なくなっているものがもう一つあります」

「お金以外に？」

「ええ。家族の話では、直之君は家を出る時に、大学ノートを一冊持っていたというんです」

「ノート……」

　近内は、視線を落とした。

　ノート……？

「どんなノートですか?」

「いや、大学ノートだというだけで、内容まではわかりません。銀行の係員も、大金を下ろした少年がノートを一冊脇に抱えていたのを覚えていました」

「そのノートも、なくなっていた?」

「そうなんです。現場のどこにも発見することはできませんでしたから、犯人が持ち去ったのだろうと思うんですね」

近内は、省吾がノートを燃やしていたことを思い出していた。

まさか……オレはどうかしている。近内は、自分自身に首を振った。そんなことがあるわけはない……。

煙草を深く吸い込み、ゆっくりと吐き出した。

「時枝さんは、その、貫井君のことなどはお調べになったんですか?」

「ええ、まだ完全というものじゃありませんが、一応、家族からは全員話を聞きました」

「直之君は……いや、息子の同級生ではあるけれども、私はほとんど学校のことを知りませんでね。その、直之君というのはどういう男の子だったんでしょうね」

「興味のあるところですね。とにかく、頭はクラスでもずば抜けて良かったようです。一年の時から成績は常にトップで、担任の先生なども残念がっていましたね」

植村教師のひょろ長い姿が目に浮かんだ。

「体育だけは、あまり良くなかったようです。運動は苦手だったんでしょうね。しかし、クラスの生徒たちも、直之君の頭の良さには一応、一目置いていたらしいですね。なかなかの人気者でもあったようで、日曜日なんかの休みの日には、直之君のところにひっきりなしに友達から電話が掛かっていたといいますね」

「電話？」

「ええ、この頃の子供たちは、なんでもかんでも、すべて電話ですよ。まあ、私立の学校だと家もそれぞれ離れているし、遊ぶ都合を電話で訊く必要もあるんでしょうけどね。それにしても、よく電話を使いますよ。ウチにも小学五年の女の子がいるんですが、これが電話魔でしてね。とにかく長電話ですよ。いくら言っても、きかないですね」

「ああ……」

しかし、と近内は思った。電話がたくさん掛かってきていたことが、果たして人気があると言えるのだろうか？　まあ、無視されている生徒には電話も掛からないだろうが、電話でいったいどんな話をするのか？　それとも、今の子供たちにとっては電話すること自体が遊びなのだろうか。

「人気があったというけれども、敵のようなものはなかったんですかね？」

「ええ、そこのところ、まだよく摑めていないんです。ただ、敵の存在を指しているものかどうか、はっきりはしませんが、直之君の妹が、ちょっと気になることを言ってました」

「妹？」

「ええ。やはり、秋川学園に通っている中学一年の妹がいましてね。これは、我々が独自に摑んだことですが、その妹が、直之君が震えているのを見ているんですよ」

「震えて？」

「ええ、事件の起こる前夜——つまり、六月九日ですか。日曜日ですね。その日、直之君は気違いみたいになっていたそうです」

「気違い？」

「いや、これはその妹の表現です」

言いながら、時枝は笑った。手帳のページを鉛筆で突つき、口をひん曲げてみせた。

「どんなふうに、気違いみたいだったんですか？」

「がたがた震えながら、畜生、畜生、と言い続けているんだそうです」

「畜生……」

「そして、わけのわからないことを言って、頭を抱えて泣いていたと言うんですね」

「わけのわからないことって？」

「なんでも、みんなジャックのせいだ、とか言っていたらしいです。妹が聞いた言葉ですがね」

「みんなジャックのせいだ……」

近内は、オウム返しにそう呟いた。

「ま、それと翌日の事件が関係あるのかどうか、それはわかりませんけどね」

「…………」

どういう意味だろうと、近内は考えた。ジャックというのは、誰かの仇名だろうか？

時枝が、ポン、と音を立てて手帳を閉じた。

「こんなところが、今までにわかっていることのすべてなんですよ。それで、近内さんとしては、息子さんの同級生が、こういうことになったのを、どうお考えになりますか？」

「どうって……いや、悲しいことだと思いますが」

「多額の金を持っている中学生、それがこういう不幸な事件を生んだ。そこには、どんな問題が含まれているんでしょうね」

「…………」

答えをあらかじめ想定したような時枝の質問に、近内は眉をしかめた。時々、近内も社会的に大きな問題を含んだ事件などが起こると、新聞社などからコメントを要求される。その時の質問は、ほとんどが今の時枝のような口調だった。

記者は、人の話を聞く前から、すでに自分の答えを想定しているのである。そういう答えが出てくるのを待っている。むりやりにでも、自分の期待する答えを引き出そうとする。苦手だった。

「この事件に関しては、私は傍観者じゃいられませんからね。驚きのほうが大きいんですよ。客観的な見方というのができません。いろいろ教えていただいたのに、申し訳のないことですが、そういったことにお答えする余裕が、まるでないんですよ」

時枝は、もっともだという表情で頷いた。しかし、だから引き下がるということではないようだった。手帳の新しいページを開き、メモを取る手を構えている時枝を眺めながら、近内は再び、新聞社に電話を掛けたことを後悔した。

10

「省吾は？」

帰宅すると、近内は、出迎えた喜子に真っ先にそう訊いた。喜子は、スリッパを揃えながら、上を見上げるような仕種をしてみせた。部屋に閉じ籠もったままだという意味だろう。

「電話が二本ばかり、掛かってきたのよ」

「どこから？」

居間へ向かいながら、近内は訊き返した。

「違うのよ。あなたにじゃなくって、省吾に掛かった電話」

「省吾に？　誰が掛けてきたんだ？」

「どっちも名前を言わないのよ。女の子からと男の子」

「……………」

見当がついた。一人は坂部逸子、もう一人は浅沼英一だろう。というより、それ以外に想像する材料がなかった。

ソファに腰を下ろすと、疲れているのがわかった。喜子が茶を入れてくれている間、近内は煙草をふかしながら、ぼんやりと時枝記者から聞いた話を頭の中で繰り返していた。

「その友達の電話は、どんな電話だったんだ？」

「わかりませんよ。あたしに聞かせないように声を落としているし、どっちも短い電話だったから。男の子の電話のほうが、少し長かったかしら」

「省吾、メシは食ってるのか？」

「食べましたよ。部屋の前にお盆に載せて置いといたの。行ってみたら、なくなってたわ」

自分がそうしたにもかかわらず、腹を立てたように喜子は言った。

二階でドアを閉める音が聞こえて、近内と喜子は同時に顔を上げた。近内はソファを立った。

廊下へ出ると、階段を省吾が下りて来た。片手に大型のラジカセをぶら下げている。

「どこか、行くのか？」

近内が訊くと、省吾はそれに答えず、父親を睨みつけた。

「馬鹿みたいな真似、すんなよな」

吐き出すような調子で言った。

「馬鹿？　なんのことだ？」

「とぼけんなよ。行ったんだろ、学校」

「………」

近内の後ろで、喜子が、え、と声を洩らした。

なるほど、友達からの電話というのはそれだったのか、と近内は納得した。坂部逸子か浅沼英一が、あるいはその両方が、親父がスパイに来た、とでも知らせたのだろう。

「しるかよ」

「省吾、お前、貫井君のことで、何か知っていることがあるんじゃないのか？」

「なにも知らないのか」

「うるせえな、知るわけないだろ。ネズミみたいな真似しやがって」

言いながら、省吾は廊下を玄関へ歩き始める。

「おい、どこへ行くんだ」

「どこだっていいだろ」

「よくない。行き先ぐらい、ちゃんと言いなさい」

「やだね」

「省吾！」

ふん、と鼻を鳴らし、省吾は玄関を下りた。ラジカセを上がり框《がまち》に置き、スニーカーに足を入れた。

「省吾、お前、十日の夜はどこへ行っていたんだ？」

靴を履く手を止め、省吾が近内を見上げた。

「オレが殺《や》ったと思ってるんだな」

「……ばかな、そんなことを思うわけがないだろう」

「思ってるじゃないか！」

大声を張り上げた。

「省吾、誤解するな。そんな意味で訊いたんじゃない」

「ふざけんなよ。いままで行ったこともねえ学校に、貫井の馬鹿が殺された途端に出掛けやがってよ。みえすいてんだよ」

省吾は靴を履き終え、ラジカセを手に取った。

「おい、省吾。違う。オレが行ったのは、先生から電話をいただいていたし、お前のことを少しでも知りたいと思ったからだ」

「うるせえや」

省吾は、くるりと背を向け、玄関の扉を開けた。そのまま外へ出た。慌てて近内は下へ下りた。サンダルを突っ掛け、省吾の後を追った。後ろから喜子も玄関を出てきた。

「省吾！」

省吾は、駆け足で大通りへ向かっている。近内もその後を追って走った。すぐに息が切れてきた。

「省吾……」

角の向うへ省吾の姿が消え、近内は胸の動悸を抑えながら、その場に立ち止まった。

「あなた……」

喜子が追いついて、近内の腕を押さえた。

「あなた、学校へ行ったんですか？」

その喜子の言葉に答えず、近内は省吾の行ってしまった道を眺めていた。諦め、家へ戻ることにした。

家の中へ入ると、喜子が再び訊いた。

「学校へ、行ったの？　どうして？」

そのまま近内は階段を上り、省吾の部屋へ行った。

「あなたってば」

喜子がついて来た。

近内は、省吾の部屋のドアを開け、中へ入った。相変わらず、部屋の中には物が散乱していた。近内は、まず省吾の机の引き出しを開けた。雑多な文房具の下に、ビニ本が一冊入っていた。その奥に、煙草の箱が見えた。他には、たいしたものはなかった。机の引き出しを、近内は次々に開けて中を覗いた。ガラクタが詰まっているだけのことだった。

「あなた……なにをしてるの？」

答えず、近内は次に箪笥を見た。汚れ物も新品の下着も、まぜこぜになって突っ込んであった。近内はそのすべてをひっくり返してみた。箪笥を見終わると、今度はベッドに向かった。一気に布団を剝ぐ。枕を調べ、マットを持ち上げて下を覗いた。

「なにをしてるんですか。あなた！」

喜子が、苛立った声を上げた。

「なんでもないよ」

「なんでもないって、なにを探してるの？」

「なにを、というわけじゃないさ」

それは嘘だった。

自分が探しているものを、近内は認めたくなかった。ないことを確認するために、探している。

部屋の中をすべてひっくり返しながら、近内は、オレは馬鹿だ、と思った。二百万の大金が出てくることを恐れながら、それがないことを祈りながら、こんな惨めな真似をやっている自分が、とことん馬鹿だと思った。

「オレが殺ったと思ってるんだな」

頭の中で、省吾の声がした。

いや、嘘だ。そんなことは思っていない。嘘だ。違う……。部屋には、それらしきものはなにもなかった。安心すると同時に、とてつもなく自分が哀れに思えた。

そのまま床に腰を下ろした。

「あなた……いったい、どうしたの？」

不安そうな顔をして、喜子が近内を見下ろしていた。玄関のチャイムが鳴り、喜子は何度か近内を振り返りながら部屋を出て行った。

近内の疲れた目が、ふと、机の下で止まった。窓際の床に、焦げた紙切れが落ちていた。手を伸ばし、それを拾い上げた。厚手の紙だった。ノートの表紙の一部らしい。昨日、省吾が燃やしていたノートの切れ端だろう。片方の端が破ったようにちぎれている。その反対側は完全に焼け焦げていた。表面に、サインペンの文字が見えた。

『コレー』

片仮名でそれだけが読めた。

コレー――『チョコレートゲーム』の一部ではないだろうか？

なんとなくそう思えた。

十日、貫井直之は大学ノートを一冊持って家を出た。銀行員も、それを確認している……。

違う、違う、違う——。

近内は、馬鹿げた自分の妄想を振り払おうとした。頭を強く振ってみた。不安は、去ってくれなかった。

階段を上がってくる喜子の足音が聞こえた。部屋の戸口から、喜子は緊張した顔を覗かせた。詰まったような声を出した。

「あなた、警察の人が……」

11

応接間で、近内と喜子は二人の刑事に対面した。ゴマ塩頭の年配の刑事は、大竹《おおたけ》と名乗り、がっしりした体格の若い刑事は目黒《めぐろ》と名乗った。

大竹刑事は、近内の職業が作家であると聞き、もの珍しそうに応接間を眺め回している。

「いや、どうぞ、奥さん、なにもかまわんで下さい。すぐに、ええ、すぐに失礼しますから」

茶を運んできた喜子に、大竹刑事はニコニコ笑いながら言った。

「そうですか。いや、あたしは小説家の先生に直接お会いするというの、これが初めてなんですよ。あれですか？　こう、小説をお書きになるのは、やっぱりホテルとか、そういうところに行かれるわけですか？」

「いえ、そうしている人もいるようですが、私は自分の机の上でないと書けないものですから」

近内は、テーブルから煙草を取り上げた。いったい今日《きょう》は、これが何本目だろう。何度も、煙草をやめようと試み、一度も成功したためしはない。

「ははあ、なるほどねえ。書斎でお仕事をなさる？」

「ええ、この上に私の仕事部屋があります」

「あ、この上。そうですか。あの階段？　なるほど、なるほど」

ずいぶん愛想の良い刑事だと、近内は思った。なにが珍しく見えるものか、しきりにサイドボードの上のガラクタの置物や、壁に掛けた下手糞な近内自身のデッサンなどを眺め、感心したように首を振っている。ソファの肘掛けの安っぽい彫刻を手で撫で回し、テーブルの上に置かれた卓上ライターに出版社の名前が入っているのを見つけ、おい、などと意味もなく同僚に見せてやったりしている。

「貫井君の事件で、来られたんですか」

なかなか話が始まりそうもないので、近内は自分からそう水を向けた。

「はい、そうなわけですよ」

大竹刑事はライターをテーブルに戻し、掌で額をごしごしとこすった。

「厭な事件が起こりましてねえ。亡くなったのが中学三年生——こういう事件が、一番厭です。あたしにも子供がおりますしねえ。もう、ゾッとしますよ。厭ですな」

饒舌な大竹刑事に比べ、若いほうの目黒刑事は一言も口を開かなかった。手帳を手に、じっと近内と喜子を見比べるようにしている。

「学校で、聞いて参ったんですが、今日《きょう》、省吾君はお休みだったようですね。どこかお悪いんですか？」

「あ、いや……」

と言いかけたのを、喜子が横から口を出した。

「なんだか、ちょっと気分がすぐれないようなことを申しまして、たいしたことはないんですけれども、まあ二、三日休ませておりますの」

近内は、煙草をふかしながら妻の顔を横目で見た。

「ああ、そうですか。風邪ですか？」

首を振りながら大竹刑事が言う。

「だと思いますけど、まあ、ちょっと熱があるぐらいで、べつに医者にやることもないと思って……」

「そうですか、そうですか。じゃあ、今は寝《やす》んでおられる？」

「あ、いえ……」

喜子が慌てて首を振った。

「もうだいぶいいようなので、つい今し方、身体を慣らしがてら、そのあたりを歩いて来ると申しまして」

「あ、出ていますか」

「ええ、ほんのつい先程……」

「そうですか、そりゃ、残念だったなあ。いや、できれば省吾君にもお会いしてですね、少し教えてもらおうかとも、考えていたものですからね」

近内は、まだ吸い始めて間もない煙草を灰皿に押しつけた。

「息子に、どんなことをお訊きになるんですか？」

近内が訊くと、刑事は、いやいや、と手を振った。

「たいしたことじゃありません。亡くなった貫井直之君が、どんなお子さんだったのか、これはやはり友達に教えてもらうのが一番と思ったものですからね」

「ああ」

「省吾君は、直之君と親しかったんでしょうね」

「さあ……子供の交友関係をあまり知らないものですから。いや、お恥ずかしいことですが」

「いや、そんなもんですよ、どこでも。あたしだって自分の子供が誰と仲良しで、なんてまるっきりわかりません。そんなもんですね、親なんてものは」

近内は、照れたように笑いを顔に出した。大竹刑事が笑い、喜子も手を口許へ当てた。目黒刑事だけが笑わなかった。近内にとっては気まずい笑いだった。

「あれでしょうかね、奥さん。省吾君は、ウチでよく学校の話なんか、されますか?」

喜子が、即座に頷いた。

「ええ、よそ様ではどうなのか、わかりませんけれども、省吾はわりとなんでも話してくれるほうじゃありませんかしら。もう少し秘密があってもいいんじゃないかなんて、却《かえ》ってこっちが思ってしまうぐらいですの」

「はあ、それは、いいですな。いや、いいことですよ」

いいかげんにしておけ、と近内は、それでもなんとなく頷きながら喜子を見た。喜子の気持は痛いほどわかる。わかるだけに、怖かった。

「直之君のことなんかは、省吾君はどう言ってますか?」

「そうですわね……あまり、貫井さんとは、おつきあいがないような気がします。とても頭が良いということは、お聞きしていますけれど、貫井さんのことを省吾が話したりするのって、ほとんどございませんから」

「そうですか。いや、直之君が頭の良い少年だということは、あちこちで耳にしますね。あれだそうですな、一年の時から、ずっとトップらしいですな」

「ええ、ウチの省吾なんかは、だから逆に近寄り難い存在なんじゃありませんかしら。省吾の成績なんて、ひどいものですもの」

「いや、ひどいということはないですよ。担任の植村先生に伺って参りましたが、省吾君は、中の上ぐらいだと言っておられたですからね。最近、少し落ちてきていると も伺いましたが」

「…………」

喜子が口を閉ざし、ごまかしたような笑いで頰のあたりをひきつらせた。

近内が、また煙草に手を伸ばした時、大竹刑事はいきなり質問を変えた。

「そうしますと、この前の十日の夜は、省吾君は、どこかへ出掛けたというようなことは？」

「いえ、ずっとウチで寝ておりました」

喜子が答え、近内は煙草に火をつけた。喜子がそう答えるだろうという予感はあった。しかし、予感はあっても、その言葉は近内を驚かせた。

「ああ、寝ていた。そうですか。なるほど、なるほど」

「あの刑事さん、十日の夜なんて、省吾になにか……」

おもいなしか、喜子の声が多少上擦《うわず》っているように聞こえた。

「いえいえ、これはみなさんにお伺いしているだけのことですよ。直之君にその日会った友達がいないかと捜しているんです。あの日の直之君の行動を、もう少し詳しく知りたいものですからね。どこで誰と会うというような話を、友達の誰かが直之君から聞いていれば、とても助かるんです。あ、それと、よろしければ——」

大竹刑事は、背筋を伸ばしながら、付け加えて言った。

「差支えがなければですね、省吾君のお部屋を、拝見することができますか？」

「………」

近内も、喜子も、一瞬言葉が出なかった。

12

それから二十分ほどで、刑事たちは帰って行った。

言われた通り、省吾の部屋をみせた。だらしなく物が散乱した部屋を、大竹刑事は応接間でみせたのと同じような熱心さで歩き回った。目黒刑事のやり方は、それに比べるとずいぶん事務的だった。大竹刑事は、パソコンに感心したように眺め入り、青いストライプの入ったサーフボードを何度もひっくり返した。汚い部屋で、と喜子が恐縮して言うのを、大竹刑事は、いやいや、男の子の部屋というのはこういうもんです、と手を振った。

刑事たちが引き揚げた後、近内と喜子は居間へ戻り、どちらからともなくソファに腰を落とした。二人とも黙っていた。言葉がなにも出てこなかった。近内は、また煙草を手に取った。口の中がいがらっぽく、煙草は胸にむかついた。それでも、近内は火をつけた。

なにかを考えようとしているのだが、胸の中に押し込めた様々な事柄は、まるでまとまってくれなかった。考えようとすればするほど、それらは勝手に現れ、消え、飛び散り、渦を巻いた。

どこかで、水の流れるような音が聞こえている。ちょろちょろと、その音は、時折はっきりと聞こえ、また遠のいた。どこでしているのだろうと、近内は首を回した。そのことに、意味はなかった。

壁の時計を眺めた。六時を過ぎている。

省吾は、今日も帰らぬつもりだろうか？　大型のラジカセを持って出た。どこへ行ったのだろう……。

不意に、喜子が、ひっ、と声を立てた。両手で顔を覆い、身体を屈めて震えている。泣いていた。

「だって……」

喉に絡まったような声で、泣きながら言った。

「だって、ああ言うより仕方ないじゃないの。他にどう言えばよかったって言うのよ！」

「…………」

近内は、妻を見た。自分の姿を見ているような気がした。哀れな自分の姿が、そこに見えた。

「あの夜、省吾が家を出たまま帰らなかったなんて、どうして言えるのよ！　ああ言うよりないじゃないの。他にどう言えばいいのよ」

「…………」

近内は答えられなかった。喜子に何かを言ってやりたいと思ったが、どう言えばいいのか、まるでわからなかった。ただ、まずい煙草を胸に吸い込んだ。

「だいたい……だいたい、あなたが悪いんだわ」

喜子は、スカートの裾をぎゅっと握り締めながら、言葉を直接、近内に向けてきた。

「あなたが、学校なんて行くからですよ」

「いや……」

「学校へなんか行くから、省吾が必要もない疑いを掛けられるのよ」

「ばかな。オレは貫井君のことで行ったんじゃない。省吾の様子がおかしいと、お前が言うから」

「あたしのせいだと言うんですか？」

涙でぐしゃぐしゃになった顔をこちらへ向けた。

「いや、誰のせいだとか、そういうことじゃないだろう」

「あたしが省吾のために学校へ行ってくれと、いつ言いました？」

「いや……」

「どうして、行くことをあたしに隠してたのよ」

「べつに、隠していたわけじゃない」

「隠してたじゃないの。あなたは何も言ってくれなかったじゃないの！」

「いや、そうじゃない。出たついでに、ちょっと思いついて行ってみただけのことだ。家を出るまでは、行こうとは思っていなかった」

「嘘ですよ」

「嘘じゃない」

「嘘ですよ。あなたは、省吾が貫井君を殺したと思ってるのよ」

「馬鹿っ！」

知らぬ間に手が出ていた。殴られた頰を押さえて、喜子がソファの上へ突っ伏した。泣き声が、さらに激しくなった。

近内は、驚いて自分の手を見た。喜子と一緒になってから、初めて上げた手だった。痛みは、近内のほうにも残った。

二人は、また口を閉ざした。

片付けなければならない原稿があることを、近内は思い出した。しかし、仕事をする気にはとてもならなかった。

さらに二本、煙草を灰にした。諦めに似た気持で、近内はソファから立ち上がった。その時、廊下で電話のベルが鳴り出した。

ソファに突っ伏していた喜子が、はっと起き上がった。

「オレが出る」

言って、近内は居間から廊下へ出た。受話器を取り上げた。

「近内です」

「あ、近内君のお父さんでいらっしゃいますか？」

「はい……そうですが」

「あ、昼は失礼しました。秋川学園三年A組の植村です」

「……ああ、これはどうも。いえ、こちらこそ失礼をいたしました」

電話で聞く植村教師の声は、職員室で話した時よりずいぶん堅い調子になっていた。

「さっそくなんですが、ある父兄から、話し合いがしたいという申し入れがありましてですね」

「話し合い……と言われますと？」

「ええ、近内さんにもお話ししましたが、最近一ヵ月の間に、急に子供たちが荒れ始めたということを、他の父兄の方も心配なさっておられましてね。それで、親御さんのほうでも、ひとつ情報交換、と言うと妙ですが、子供たちを理解して良い方向に進ませるためにも、ここで親同士が一度話し合いの場を持ったらどうだろうかと、そういう提案があったわけなんですよ」

「ああ、なるほど、それは結構ですね」

「そうですか。では、近内さんもいらっしゃっていただけますか？」

「はい。参ります。どこにいつ、参ったらよろしいですか？」

「ええ、最初から全部の親を集めるというのも難しいだろうということで、近内さんが来て下さるとすると、取敢えず、三人の親御さんに来ていただくことになりますが
――」

「三人と言われますと？」

「今日《きょう》、お話ししましたね。近内君と仲のよい二人です。喜多川さんと浅沼さんが来られることになっています」

「ああ、そうですか。で、いつ？」

「急ですが、明日《あす》の夜はどうだろうか、ということなんですが」

「夜？」

「はい、昼間は、お仕事の都合もあってなかなか時間が取れないということですので、夜の八時に、取敢えず学校で集まるのが一番だろうということになりましてね」

「わかりました。明日《あした》の晩八時に学校ですね。あの、職員室のほうへ伺えば、よろしいんでしょうか？」

「ええ、私がおりますから。それに、その時間なら他に人間もおりません。気兼ねのない話をしていただけると思うんです」

「わかりました。必ず伺います」

受話器を下ろすと、後ろに喜子が立っていた。

「何だったの？」

うん、と頷きながら、近内は居間へ戻った。

「今日《きょう》、植村先生にお話を伺ったんだが、省吾だけじゃなく、他にも何人かの子供た

ちが、最近になって学校を無断欠席したり、万引をやったりと、急に荒れ始めている
らしい」

「省吾の他にも……？」

「ああ。それで、どうして急にそんなことに子供がなったのか、親同士でも集まって
話し合いをしようという提案があったそうでね」

「話し合いって、でも……」

喜子は、顔をしかめた。

「あたしは厭だわ、そんな集まり」

「オレが行くよ」

「お仕事のほうはいいんですか？」

「ああ、雑誌のほうはほとんど終わった。あとは、細かい雑文が少しあるだけだ。な
んとでもなる」

「そうですか」

喜子としては、近内にも話し合いなどに行ってもらいたくはないようだった。しか
し、近内は行くつもりだった。

ふと、思いついて、近内は喜子に訊いた。

「おい、学校の名簿のようなものがあるか？」

「……名簿?」

「ああ、生徒の住所や電話なんかが載ってるやつだ。あるだろう」

「そりゃ、ありますけど……」

「出してくれないか」

「そんなもの、どうするの?」

「知っておきたいからさ。とにかく出してくれよ」

喜子は、怪訝《けげん》な表情で、居間を出て行った。しばらくして、青い表紙のついた名簿を手に戻ってきた。はい、と近内の前のテーブルに置き、自分は台所のほうへ行った。

近内は名簿を開いてみた。三年A組を探す。名簿には、住所、電話の他に保護者の名前と職業までが書かれていた。

近内は、その文字の上を追った。貫井直之の名前がまず目に飛び込んできた。浅沼英一というのがある。喜多川勉、菅原玲司、坂部逸子もあった。留美と呼ばれていたあの子は松平《まつだいら》留美というらしかった。ほかに留美に相当する名前はなかった。

まてよ……。

近内は、坂部逸子のところをもう一度見返した。保護者の欄を見ると「坂部妙子《たえこ》」となっている。

母子家庭か——。

逸子の母親の職業欄には、旅行代理店の名前が書いてあった。

思いついて、近内はもう一度廊下へ出た。電話のところへ行き、受話器を取り上げた。坂部逸子の番号を名簿を見ながら回した。

「……はい」

「坂部さんですか?」

「はい」

声が若かった。

「あ、逸子さん?」

「……はい、そうですけど」

「ああ、昼間、学校で会いましたね。近内省吾の親父です」

「……………」

息を呑み込んだような音が聞こえた。

「もしもし?」

「……はい」

「へんなことを訊くけど、今日《きょう》、そちらに省吾が伺ってないだろうか」

「…………」

言葉が途切れた。

電話の向うで、逸子を呼んでいるような声が聞こえた。

――ねえ、このタオルいい？

小さな声だったが、省吾のものに間違いはなかった。

「もしもし？」

「……来てません」

逸子はそう言い、そのまま電話を切ってしまった。

そうか……と頷き、近内はゆっくり受話器を置いた。後ろに喜子が立っていた。

「あなた、どこへ電話してたの？」

「省吾の友達のところだ」

「友達って、でも、坂部さんって女の子じゃありませんか」

どこへ、と訊きながら、近内の受け答えはしっかり聞いていたらしい。

「そうだよ」

言いながら仕事場へ向かった。喜子がついてきた。応接間のソファに腰を下ろした近内を、じっと眺めている。

「どうして、坂部さんのところへ電話したの？」

「いや、省吾がいるかも知れないと思ってさ」

「まさか……だって、まさかそんな」

「学校で、省吾と坂部さんの仲がいいと聞いたからさ。ただ、それだけだ」

「だって、あなた、中学三年生ですよ」

「まあ、そうだな」

省吾の声が聞こえたことは、黙っていることにした。代わりに訊いた。

「坂部さんには、親父さんがいないのか？」

訝《いぶか》しげに、喜子は近内の前に腰を掛けた。

「よくは知りませんよ。なんでも別れたってことらしいわ。どんな事情だかは聞いてないけど」

「名簿を見ると、お母さんの職業に旅行代理店の名前が書いてあるな」

「重役さんらしいですよ」

「ほう、だとすると、忙しいんだろうな」

「知らないわ。どうしてなの？　——前に、誰かから月の半分は旅行に出ているって聞いたことがあるけど……あなた、何を考えているんですか？」

「いや、べつに」

そう言って近内は立ち上がった。仕事場への階段を上りはじめた。

「あなた……」

喜子が後ろから呼んだが、返事はしなかった。書斎へ入り、机の前に座った。

どうしたものだろう……。

近内は、顔をひと撫でした。

おそらく今日《きょう》も、坂部逸子の母親は家を空けているのだろう。とすると、今、坂部家には逸子と省吾が二人だけでいることになる。

――ねえ、このタオルいい？

省吾の声が甦った。

ふと、ポケットに入れた手に、紙の切れ端が触れた。それを机の上に取り出した。

焼け焦げたノートの表紙の一部。

チョコレートゲーム――。

なにが、起こっているのだ？

近内は、小さく頭を振った。無力な自分に腹が立って仕方なかった。

13

翌日になっても、省吾は家に帰らなかった。坂部逸子のところにいるのはわかっていたが、押し掛けて行くのもまた、ためらいがあった。

近内にとって一つの救いは、昨夜の電話で聞いた省吾の声だった。

——ねえ、このタオルいい？

その言葉の調子は、明るく、優しさがあった。近内が知っている、それが省吾の本当の声だった。そういう声を親に対して掛けてくれないことに、悲しさはあったが、それを向ける相手がいるということが、いくらか近内を慰めた。

むろん、中学三年生の男の子と女の子が、一つの家で夜を過ごすことには抵抗がある。しかし、今の省吾には、もしかしたら逸子が最も重要な存在なのかも知れなかった。それを、大人の汚い目が否応なく奪ってしまったとしたら……それを考えると、近内はどうすることもできなかった。今、省吾から逸子を奪ったら、もう彼は自分のところへは帰って来ないだろう。そんな気がした。

逸子に直接確かめたわけではないが、省吾がむりやり逸子のところへ押し掛けているのでないことも、近内には想像できた。逸子が嫌がっているのなら、省吾はあれほど優しい声で逸子を呼ばないだろう。

そしてなによりも、近内をもっとも安心させたのは、家を出た省吾に行く場所があるということだった。それは、とりもなおさず、十日の夜、省吾が逸子のところにいた可能性を与えてくれる。それで不安がすべて去ったわけではもちろんないが、近内は、それでいいのだ、と自分に言い聞かせた。

省吾が人を殺したなどという妄想より、省吾が人を愛しているという安らぎのほうを、近内は取りたかった。

その夜、近内は、植村教師からの申し入れを受けて、秋川学園へ行った。

日の暮れた学校の周辺は、ずいぶん静かだった。昨日《きのう》の昼に受けたざわついた印象とは、まるで違って見えた。黒い銀杏の並木道を通り、近内は中等部の建物へ向かって歩いた。建物の前に、大型の乗用車が一台停まっていた。すでに誰かが来ているらしい。建物に入り、スリッパに履き替えながら、近内は腕の時計に目をやった。八時を過ぎたばかりだった。

学校の中も、外と同じようにひっそりとしていた。暗い廊下を行くと、職員室にだけ明かりがついていた。

「ああ、これはどうも」

職員室に入ると、植村教師の長身が立ち上がった。その横で、肩幅のがっしりした男が近内に会釈をした。

「こちらは、喜多川勉君のお父さんです。近内省吾君のお父さん」

植村教師が、二人の親を紹介した。

「勉の父親です。はじめまして。息子がいつも省吾君にお世話になっておりまして」

「いえ、こちらこそ。よろしくお願いします」

渡された名刺には、喜多川文昭《ふみあき》とあった。名簿で見て知っていたが、喜多川は電機小売店のフランチャイズ・チェーンを経営している男だった。

植村教師が、近内の後ろを気にしているのに気づいた。

「もうお一方《ひとかた》は、まだですか？」

それで、近内が訊いてみた。しかし、植村教師の気にしていたのは、最後の父兄ではないようだった。

「近内さん、省吾君と一緒に来られたんですか？」

植村に言われ、近内は、は？　と訊き返した。

「いや、違ったんですか、それじゃ？」

「あの、私は一人で参りましたが……どういう？」

植村は、腑に落ちないといった表情で、喜多川のほうへ目をやった。喜多川が、薄暗い窓の向うに顔を向けた。

「じゃあ、僕の勘違いだったのかな」

喜多川が、首を傾げながら言った。

「いや、ついさっき、なんですけどね」

と植村が近内に言った。

「校庭に近内君がいたということなので」

「……省吾が？」

近内は、驚いて窓のほうを見た。校庭に疎《まば》らに立てられている照明が、その真下の地面だけをぼんやりと光らせている。

「あの、省吾が、ここに？」

訊くと、植村が頷いた。

「ええ、そのあとで、近内さんがお見えになったから、てっきり一緒なのかと思ったんですが……」

「………」

近内は窓へ寄り、外を眺めた。どこにもそれらしい人影は見えなかった。

「じゃあ、勘違いかも知れませんね」

後ろから喜多川が言った。

近内は植村を振り返った。

「あの、本当に省吾だったんでしょうか？」

「いや、私は喜多川さんにそう教えられただけなんですが」

言って植村は喜多川を見た。喜多川が頭を掻いた。

「勘違いかも知れません。考えてみれば、こんな時間に、学校に省吾君がいるというのもおかしな話ですからね」

近内は喜多川のほうへ歩み寄った。

「校庭にいたんですか？」

「いえ、いた、というより走って来るのを見ただけなんですよ。省吾君は、よくウチへ遊びにみえてたし、そっくりに思えたものだから。いや、見間違いでしょう」

「どっちへ走って行ったんですか？」

「いや、こちらへ走って来たんですけどね。手に大きなラジカセをぶら下げてました」

「ラジカセ……」

昨日《きのう》、省吾が持って出たラジカセに思いがいった。

「どんなラジカセですか？」

「あれは、ツーウエイのスピーカーがついたビッグバンドのラジオカセットテレコですよ。いや、ウチの店でも扱っている商品ですから、そういうのはすぐにわかるんです」

では、やはり省吾なのだろうか？　しかし、省吾がどうしてこんな時間に……。

「それ、ついさっきと言われましたね」

「そうですね、でも、もう十分以上前になりますかね？」

言いながら喜多川は植村教師のほうを振り返った。

「ええ、十四、五分ぐらいにはなりますね」

植村が喜多川の言葉を受けて言った。

「こちらへ走って来たって言われましたけど、ここへ来たわけじゃないんですね」

「ええ、向うのほうからこの校舎へ入ったんじゃないかと……いや、近内さん、勘違いですよ。近内さんが来られるとお聞きしたんで、違う子供を省吾君だと見間違えただけですよ。いや、却って申し訳ないことを言ってしまったなあ。ほんとに近内さん、ご心配になるようなことじゃありませんから」

喜多川は、恐縮したように両手を振ってみせた。

省吾が、どうして……？

近内は、再び窓の外へ目をやった。ふと気づき、植村教師を振り返った。

「先生、昨日《きのう》見せていただいた出欠簿を、もう一度拝見できますか？」

「はい……構いませんが」

植村は、自分の机の上から出欠簿を取り上げた。

「今日《きょう》も、近内君は欠席でしたが」

そう言いながら、植村はページを開き、近内にそれを渡して寄越した。

近内は、坂部逸子の欄を見た。逸子も今日《きょう》は欠席だった。そのつもりで眺めてみると、省吾の欠席と逸子のそれとは、日付にかなりの重なりがあった。申し合わせて休んでいるとも、考えられないではなかった。

「どうも、遅くなりまして」

職員室のドアが開き、落ち着いた感じの婦人が顔を覗かせた。

「あ、浅沼君のお母さん、どうぞ、お待ちしていました」

植村教師が、またそれぞれを紹介した。浅沼英一の母親は、輝代《てるよ》といった。

14

「いや、どうもこの頃、勉の様子が普通じゃないんですよ」

喜多川が、最初に口を開いた。

植村教師と三人の親は、椅子を車座にして向かい合っていた。

「登校拒否というんでしょうかな。今日《きょう》だって自分の部屋に引っ込んだまま、一歩も外へ出ようとしないんです。心配だから、店の若いのに時々、様子を見に行かせたりしてますが、こっちとしては、どうにも対処のしようがない。それが最近になって急にでしょう？　それまでは、まあ、親の僕に似て、いささかオッチョコチョイのところはあるが、そんなんじゃなかったんですよ。それを植村先生にご相談したところが、なんと勉だけじゃないらしい。勉の友達の省吾君も、それから英一君もだと言うじゃないですか。子供に訊いても、何を恐れているのか、まるで話してはくれないし、これはひとつ親のほうで協同戦線——というとちょっと大袈裟かもしれませんが、話し合う必要があるんじゃないかとね、それでこういう集まりを提案してみたわけなんですがね」

浅沼輝代が、大きく頷いた。

「ウチでも、ずっと悩んでおりましたの。ウチの英一も、最近、なんだかひどくイライラしているかと思うと、この前なんかは、頭がおかしくなったんじゃないかと思うぐらいはしゃいでみたり、昨日《きのう》は、ひどく脅えたような顔で帰って参りましたけどね。わたくし、なんだかこの頃、子供が怖いんですよ。いやらしい雑誌を机の中に入れていたり、競馬の新聞なんかをたくさん溜め込んでいたり。もう、なにを考えているんだか、どうしたらいいのかわからなくって」

植村教師が、輝代に訊いた。

「英一君、今日《きょう》は、どうしていますか?」

「え?」

輝代が、びっくりしたような顔で植村を見返した。

「あの……英一、今日、学校へは参りませんでしたの?」

「ええ、欠席でした」

「まあ……じゃあ、どこに行ったんでしょう。わたくしがここへ参ります時も、まだ帰っていなかったんです。いったい、もう――」

「ちょっとよろしいでしょうか」

と近内が口を開いた。

「昨日《きのう》、先生にも申し上げたことなんですが、一つ心当たりがあるんです。ウチの省吾、どうやら誰かとひどい喧嘩――というか、リンチのようなものを受けたんじゃないかと思うんですが、身体中に青アザを作っているんですよ」

「あら」

と浅沼輝代が目を丸くした。

「じゃ、省吾君もなんですの？」

「ああ、英一君もですか」

「そりゃ、どういうことだろうな」

と喜多川が言った。

「勉も全身にアザを作ってますよ」

いや、と近内は頷きながら続けた。

「思うんですが、省吾も勉君も英一君も、誰かからひどく脅かされるかなにかして、それでこういうことになってるんじゃないかと。例えば、どうもウチの金をくすねる

ような真似をしているらしい。それは、その誰かに金を持って来いと要求されると
か。しかし、断るとリンチのような目に遭わされる。学校を休むというのも、それが
厭で――そんなことじゃないのかと思うんですよ」
「先生のほうでは、なにかそういった兆候というようなものは、ないんですか？」
喜多川が、腕組みをして訊いた。近内は、煙草を取り出した。
「いや、その――三人ともそういうアザを作っているとなると、これは確かに大きな
問題ですが、しかし、いや……あ、灰皿はこちらにあります」
植村が席を立ち、灰皿を持って戻ってきた。
「すみません」
近内は礼を言い、煙草に火をつけた。
「先生、わたくし伺いたいことがありますの」
輝代が植村のほうへ向き直った。
「菅原玲司君ってクラスにいますでしょ。あの子は、どんなお子さんなんでしょう
か？」
「どんな……と言いますと」
「せんだって、その菅原君って子がウチに来ましてね。英一を呼んでくれと言うんで
すよ。その口のきき方がひどいんですけどね。でも、まあクラスの友達だというか

ら、呼びにいったんです。そしたら、いないと言ってくれって、ウチの子がそう言うんです。なんだか、ひどく脅えてましてね。会いたくないって、隠れるみたいにして……」

近内はそこで、昨日《きのう》、野球部の部室で英一が菅原玲司に殴られているところへ行きあわせたことを話した。

「菅原が……」

植村教師が眉をしかめた。

「いや、あの菅原玲司は、確かに問題なところがあるんです」

「それは？」

「ええ。下級生を脅して金を強請り取ったり、万引で補導されたことも何度かあります」

「まあ……」

輝代が口を押さえた。

「菅原さんって、確かお父様が外交官をなさってるんじゃありません？」

「ええ。ほとんど父親は家にいないようです。母親は、これは溺愛と言いますか、何度か私のほうで注意したことがありますが、逆に私が息子を差別しているんだと校長に訴えるような始末で」

「ひどいわ……」

ううむ、と喜多川がうなり声のようなものを上げた。

「その菅原君というのに、じゃあ、ウチの勉もやられたのかなあ」

「いや、しかし——」

と近内が手を上げた。

「早まった考えは危険だと思うんですよ。確かに、昨日《きのう》、私は英一君を菅原君が脅すようにしているのを見ましたが、それだけですべてを菅原君に押しつけることはできませんね」

「私もその通りだと思います」

植村が近内に頷いた。近内は、三年A組の出欠簿を机の上から手元に引き寄せた。

「私はやはり、こういったことが、どうして急に、起こり始めたのかが問題だと思います。この一ヵ月のうちに、無断欠席がこんなに増えている。すべてのことが、つい最近になって起こり始めたんです。これは単なる非行じゃないと思うんですよ。子供たちの中に、何かが起こっているんです。それが何かを見極めるのが大切なんじゃないですか」

近内の言葉に、浅沼輝代も頷いた。

「そうですわね。確かに急ですもの。先生、ちょっと聞いた話ですけど、なんだか売春まであったっていうんでしょう?」

え?　と近内は輝代を見返した。

「いや、それは……」

植村が、詰まったように顔を歪めた。

「あの、なんて言いましたっけ、坂部逸子さんですか?　あの子が売春で補導されたって、どなたからか聞きましたわ」

近内は、びっくりして輝代と植村を見比べた。

坂部逸子が、売春……。

「いや、浅沼さん、それは違うんですよ。それは違うんです」

必死に植村が言った。

「あれは……ええ、確かに補導はされましたが、売春にはいたらなかったんです。あの子は、怖くなって逃げたんです。男に追い掛けられているのを警察が保護してくれたということで、売春をしたということではないんです」

「……そうなんですか?　でも、怖くなって逃げたと言っても、最初はそうするつもりだったなら、同じことですわね」

「いいえ、浅沼さん、それはやはり、違います」

近内は、昨日《きのう》、植村教師が女生徒が補導されたという話で言葉を濁らせたのを思い出した。あれは、そういうことだったのか。

しかし、あの坂部逸子が……。

省吾は、そのことを知っているのだろうか。ふと、それが気になった。

その時——。

ガタガタッと、何かが倒れるような派手な音が上から聞こえた。そこにいた全員が、その音に驚き、上を見上げた。

音は、それっきり聞こえなかった。

「あの、誰か、上にいるんですか？」

浅沼輝代が、植村に訊ねた。

「いや、誰も残っている筈はないんですが……」

「そりゃあ、そうですよ」

と喜多川が腕時計を眺めながら言った。

「八時二十分だもの。こんな時間に残っているような生徒はいないでしょう。それとも、守衛さんかなにかですかな？」

「いや……それもおかしいですね。ちょっと見てきましょう」

そう言って、植村教師が立ち上がった。

「僕も行きましょう」

喜多川がそれに続いて席を立った。二人が職員室を出て行き、近内と浅沼輝代が残った。

「なんでしょう。厭だわ……」

輝代が、眉を寄せながら言った。

しばらくすると、窓の外に明かりが射した。上の教室のスイッチを入れたらしい。

「わあっ！」

という叫び声が、職員室まで届いたのは、その直後だった。

近内と輝代は、ほとんど同時に立ち上がった。

「なに？　どうしたの？」

輝代が不安そうな声を出した。

「行ってみます」

近内は、そう言って職員室を飛び出した。

「あ、待って、あたしも行きます」

一人残されるのが怖かったのだろう。慌てて輝代も近内の後ろから部屋を出てきた。そこへ、真っ青な顔で植村教師が下りてきた。

「警察、警察を……！」

植村は、上擦ったような声でそう言いながら、職員室へ入って行った。近内は、階段の上を仰いだ。

警察……?

近内は、階段を駆け上がった。後ろから「待って」と言いながら輝代が追ってくる。二階へ上がり、明かりのついている一年C組の教室へ、近内は飛び込んだ。棒立ちになっている喜多川がこちらを振り返った。

「あ、奥さん、来てはだめだ。近内さん、奥さんを外へ!」

喜多川の足下に、人が仰向けに倒れていた。目を大きく見開いている。

死んでいる……そう近内は直感した。

喜多川の言葉通り、近内は浅沼輝代を外へ連れ出そうとした。しかし、それより輝代の悲鳴のほうが早かった。

「え、えいいち……!」

なんだって? と近内は輝代から床の死体に目を返した。

その死体は、浅沼英一であった——。

15

間もなく、秋川学園に警察の車が到着した。

ショックで口もきけない状態の浅沼輝代だけは、駆けつけた夫と共に学内の医務室へ連れて行かれたが、近内と喜多川、そして植村教師の三人は、一年C組前の廊下で、刑事の質問に答えなければならないことになった。

「もう一度お訊きしますが、職員室におられたんですね、皆さん」

「そうです……」

植村教師が、刑事の言葉を確認した。

「その派手な音が聞こえたというのが、八時二十分頃と言われましたか？」

「その通りです」

「で、植村先生と喜多川さんが、この教室を見に来た」

「はい」

「近内さんと浅沼さんは、職員室に残られた？」

近内は頷いた。

「はい。先生と喜多川さんが叫ぶ声を聞いて、私と浅沼さんがここへ上がって来たんです」

「なるほど」

と薄手のジャンパーを着た刑事は言い、廊下の向うに目を向けた。

「あの階段を上って来られたんですね」

「そうです」

「皆さん、あの階段で」

刑事が植村と喜多川に目を返した。二人は同時に頷いた。

「その時、誰かを見ませんでしたか？」

「いや……」

と喜多川が救いを求めるような目で植村教師を見た。

「誰も」

植村がそれに同調した。

「誰も、ねえ……」

刑事は、手に持っていたボールペンの尻で頭を掻いた。

「ここへ先生と喜多川さんが来られたのは、音が聞こえてから、だいぶ経っていたんですか？」

「いえ、すぐだったと……思いますけど」

「たとえばですね。その音がしてから、この教室の前までくるのに、どのぐらいの時間があったという感じですか」

「時間……さあ、でも、せいぜい一、二分じゃないでしょうか。いや、一分もかかってないと思いますけど」

「そうですか。発見されてからは、我々が到着するまで、ずっとここにおられましたか？」

「いや、私は電話を……」

と植村教師が言った。

「ええ。我々が来るまでの間、ここに誰もいなくなったという時間がありますか？」

「いえ」

と喜多川が首を振った。

「僕はずっとここにいました。それからすぐに近内さんと浅沼さんの奥さんも来られたし、ここを離れたようなことはありません」

「なるほど。その間に、誰かがこの廊下を、階段のほうへ行ったというようなことはないですか？」

ああ、そうか……と近内はようやく刑事の質問の意味を察した。

一年C組は、階段から二つ目の教室である。そして、その反対側には階段がない。つまり、犯人が逃げるとすれば、近内たちが上って来た階段を下りるしかないのである。

刑事は、犯人がどこへ逃走したのか、それを突き止めようとしているのだった。

「おかしいな」

刑事が首を傾げた。

「あの、刑事さん」

と喜多川が言った。

「あの窓から、飛び下りて逃げたんじゃないですか？　僕らが来た時、窓が開いてましたし」

「いや、だとすると、下の職員室におられた近内さんや浅沼さんが、飛び下りた犯人に気づいているでしょう？」

「ああ、そうか……」

刑事の言う通りだった。

一年Ｃ組の教室は職員室の真上にある。その窓から飛び下りたのだとすれば、その犯人の姿に近内たちが気づかない筈はない。近内は、植村教師たちが浅沼英一の死体を発見したあとで、二階へ上がったのだ。

「他の教室の窓は、全部閉まっているし、それに妙なんだよなあ」

刑事は、眉の間に皺を寄せながら、開けたままの戸口から教室の中に目をやった。振り返った。

「音が聞こえたというのは、本当にこの教室なんですかね？」

近内は植村教師と顔を見合わせた。

「……と思いますが」

「どうして、そう思ったんですか？」

「いや……だって、真上から聞こえましたから」

「ふうむ……それにしちゃ、綺麗すぎるんだよなあ」

言いながら、刑事はまた教室を振り返った。

「綺麗すぎる？　とおっしゃいますと？」

「いやね、皆さんが聞いた音って、机を二つ三つひっくり返したような音だったってわけでしょう？」

「はい……」

「発見したままの状態ですよね。教室の中を誰もいじってないでしょう？」

「……ええ」

「机なんて、倒れるどころか、動いた跡もないですよ。綺麗なもんだ」

え……？　と近内は、教室を覗いた。

無残な浅沼英一の死体は、すでに運び去られてここにはない。教室の中では、作業服姿の捜査員たちが、カメラを構えたり机の中を覗いたりしている。

なるほど、刑事の言う通りだった。確かにあの音は、机をひっくり返したもののように聞こえたが、そんな痕跡は教室のどこにもなかった……。

「ちょっと、すいません！」

黒板の前にいた捜査員が、近内たちのところにいる刑事を呼んだ。

「なんだ？」

「すいません、こんなものが」

「失礼」

刑事は近内たちに断り、教室の中へ入って行った。見ていると、捜査員は教卓の下を指差し、何かを刑事に見せていた。刑事はしゃがみ込むような格好で教卓の下を覗き込んでいる。おい、とカメラを持った捜査員が呼ばれ、フラッシュが焚かれた。

浅沼英一が殺された……。

つい三日前に貫井直之が殺されたばかりだ。いったい何が起こっているのだろう？

近内は、捜査員たちが動き回っている様子をぼんやりと眺めながら、不安な気持で考えを巡らせていた。

しばらくして刑事が戻ってきた。

「すいませんが、もう少し話を聞かせて下さい。植村先生、ここだと場所があれですから、どこか話のできるような部屋があったら……」

「あ、職員室でもよろしいでしょうか？」

「結構ですよ。それで結構です」

下へ移動することになった。職員室の前まで来た時、喜多川が刑事に訊いた。

「あの、すいません、ちょっとトイレへ行っても構いませんか」

「ああ、もちろんです。どうぞ」

「すいません、すぐに戻ります」

その喜多川と入れ換わるようにして、太った紳士風の男が息を切らせるようにしてやってきた。

「植村先生、植村先生……」

あ、と植村がその男を振り返った。

「校長先生……」

「どういうことなんですか、これはいったい？」

和田伸宏《わだのぶひろ》校長が、全員に紹介された。和田校長は、刑事に挨拶をすませると、植村教師を職員室の隅へ呼び、しきりに事情を訊いていた。生徒がたて続けにこういうことになり、慌てているのがよくわかった。

しばらくして、トイレへ行った喜多川が戻った。喜多川は、合点がいかないという表情で植村教師のところへ行った。なんとなく近内のほうを見ながら、耳打ちしている。

え？　と驚いたような顔で植村が近内を見た。近内は、その二人の様子が気になり、彼らのほうへ足を運んだ。

「なにか?」

「あ、いや……」

と喜多川が、近内の後ろに目をやりながら首を振った。刑事の存在を気にしているらしい。

「どうかしたんですか?」

近内は、重ねて訊いた。刑事がそばに寄って来た。

「いや、なんでもないですよ。べつにたいしたことじゃありません」

「…………」

近内は眉を寄せた。どうも、厭な雰囲気だった。

刑事が喜多川に訊いた。

「どうしました? 何かあったんですか」

「いえ、べつに」

「話してもらえないですか。トイレで何かあったんですか?」

「いや、あのう……近内さんの息子さんが」

え……? と近内は喜多川を見返した。急に不安が襲ってきた。

「近内さんの息子さん? なんですか、それは?」

「いえ、あの、たいしたことじゃないと思うんですが、今、そこで会ったものですから」

刑事が、近内に目を返した。

近内は、言葉が出てこなかった。喜多川の入って来た職員室の入口に、理由もなく目をやった。

省吾が、今、そこで……？

「喜多川さん」

と刑事が重ねて訊いた。

「近内さんの息子さんに会ったというのは、どこですか？」

「……いえ、あの、トイレに行って、それで出て来た時に、廊下の窓の外から覗くようにしていたんです」

「校舎の外から廊下を、ということですか？」

「ええ、それで……声を掛けようと思って、手を上げたら、走って行っちゃったもので、その――」

「喜多川さん！」

近内は、喜多川の腕を摑んだ。

「それは、本当ですか？」

唾を飲み込むような感じに、喜多川が頷いた。

省吾が……?

「近内さん、息子さんと来られてたんですか?」

刑事が訊いた。近内は、首を振った。

刑事は、喜多川に向き直った。

「どっちの方向へ走って行ったんですか?」

「いえ、あの、裏門のほう……」

「失礼」

言うと、刑事は職員室を飛び出して行った。

近内には、なにがなんだかわからなかった。

どうして、省吾が今頃、学校に来ているんだ? 近内がここへ来たほんの少し前にも、省吾は校庭にいたという。

何をやってるんだ、奴は……。

わけのわからない不安が、近内の胸の中で騒いでいた。ポケットを探り、煙草を取り出した。口にくわえた煙草の先が、情けないほど、ブルブルと震えていた。

「先生、電話をお借りできますか」

近内は、植村教師に訊いた。ええどうぞ、と植村は壁際の電話を指差した。近内は、電話に取りつき、自宅の番号を回した。

「近内でございます」

喜子が出た。

「オレだ。省吾は帰ってるか？」

「……いえ、あのままよ。まるで連絡も――」

「わかった」

あなた、と呼び掛ける喜子の声を無視して、近内は受話器を置いた。喉がカラカラになっていた。

飛び出して行った刑事は、それから十分ほどで戻ってきた。その白い手袋をした手に提げている大きく四角いものを見て、近内は危うく声を上げそうになった。

それは、ラジカセだった。昨日《きのう》、省吾が家を出る時に提げていた大型のラジカセと、同じものだった……。

「あの、刑事さん、息子は……？」

いや、と刑事は首を振った。

「今、捜させています。ええと、それより、ちょっと皆さんに聴いていただきたいものがあるんですが……」

言いながら、刑事はラジカセを脇の机に載せた。ポケットからボールペンを取り出し、キャップのついた先でラジカセの再生スイッチを押し込んだ。

「八時二十分頃に、皆さんがお聞きになったのは、この音じゃなかったですか？」

刑事が言った。近内は、刑事とラジカセを見比べた。

八時二十分に聞いた音……？

スピーカーからは、しばらく何も聞こえなかった。突然、職員室中に大きな音が響き渡り、全員が目を見開いた。何かが崩れ落ちるような、そんな音だった。

「あ……」

近内と喜多川が、同時に声を上げた。

それは、まさしく階上に聞こえたあの音だった——。

「あの……刑事さん、これは、どういうことですか？」

植村教師が訊いた。刑事は、一つ頷いた。

「めくらましですよ。単純なめくらましです」

16

それから二時間ほど後、近内は警察の車で自宅へ戻った。まるで自分が犯人として護送されているような気分だった。

「あなた……」

いまにも泣き出しそうな顔で、喜子が近内を出迎えた。

「あなた、警察の方が……」

「ああ、わかってる」

すでに刑事が自宅にも配置されていることは、車の中で聞かされていた。

それは——省吾が家に戻った時、取り逃がさないための処置であった。言葉にこそ出しはしないが、警察が省吾を容疑者として扱っていることは、近内の目にも明らかだった。

「あなた、嘘でしょう？　省吾が学校にいたなんて、嘘なんでしょう？」

スリッパに足を入れる近内の腕を、喜子が痛いほどに摑んだ。

「ねえ、嘘だって言って。お願いだから、嘘だって……！」

「…………」

喜子に身体を揺さぶられながら、近内は黙ったまま居間へ入った。ソファから男が立ち上がった。

「これは、近内さん。お邪魔しております」

刑事は、昨日《きのう》の大竹と目黒というコンビだった。むろん、この家に配置されたのは、この二人だけではない。家の周辺には、もっと多くの警察官が、通行人に目を光らせているに違いなかった。

近内は、黙ったまま刑事の前のソファに腰を下ろした。喜子が身体を震わせながら、その横に座った。

「ご心配なことでしょうが」

と大竹刑事が、静かな口調で言った。

「まあ、まずは省吾君が帰って来るのを待ちましょう」

近内は、ゆっくりと目を上げた。

「決定したわけですか」

訊くと、大竹は、ひょいと眉を持ち上げた。

「なにがですか？」

「犯人は、息子に決定ですか」

自分の声が微かに震えているのに、近内は気づいた。

「あ、いやいや」

大竹が小さく手を振ってみせた。

「決定などしてはいませんよ、もちろん」

「私には、そう見えますがね」

言うと、大竹は首を振った。両手を合わせるようにして、近内を見つめた。

「まあ、いくつかの条件が、揃っているということは確かです。しかし、決めつけちゃいません。そうでないことを、我々だって願っているんです」

「どんな条件ですか」

近内は煙草を探った。袋が空になっていた。テーブルの上から、一本取った。

「一つは、まあ、ラジカセでしょう」

「あれが省吾のラジカセであるというのは、確かなんですか」

「わかりません」

近内は、煙草に火をつける手を止め、刑事を見た。

「わからない？」

「指紋を調べています。その結果はまだ出ていません。早くなりましたからね。照合の結果はすぐに出ますよ」

「…………」

横で喜子が首を振った。言葉に出さず、ただ喜子は何度も首を振っていた。

「教えていただけますか、刑事さん」

「なんでしょう」

「警察では、省吾があのラジカセを使って、何をやったと考えているんですか？」

ふむ、と大竹は頷いた。

「省吾君と決まったわけではないですから、犯人と、ここでは呼んでおくことにしましょう」

刑事は、そう前置きした。却って残酷な言葉に聞こえた。

「ようするに、犯人は、あのラジカセを使って、犯行時刻の誤魔化しをやったわけですね。いかにも、その時に殺人が行なわれたように見せ掛けるために、大きな音を録音したテープを回したわけですよ」

「それが、どうして犯行時刻を誤魔化すことになるんですか?」

「つまりね、こういうことです。あたしは説明を受けただけで、実物を見てはいませんが、あのラジカセに入っていたカセットテープは『C—60』というタイプでした。これは、両面一時間の録音再生ができるテープで、ということは、片面だと三十分になりますね。テープには、片面の最後の部分に、物がひっくり返ったような派手な音が録音されていました。それ以前には、なにも音が入っていなかったわけです。このカセットテープをラジカセにセットして、スイッチを入れると、その音は、ほぼ三十分後に教室の中で鳴り渡るということになります」

大竹刑事は、ほんの少し言葉を休ませた。近内の表情を窺うように見て、そして続けた。

「解剖の結果を待たないと、これもはっきりしたことはわかりませんが、被害者は、発見された八時二十分頃よりも、かなり前に殺されているということが、ほぼ確実のようです。死体を移動したような痕跡も、認められたということです。つまり、犯人は、死体になった浅沼英一君を、一年C組の教室へ運び込み、逃げる際にラジカセのスイッチを入れたわけですね。八時二十分頃に、近内さんたちが音を聞いたわけですから、犯人が一年C組の教室から逃走したのは、およそ七時五十分頃だったのだろうと推定できます。まあ、もちろんテープの長さは三十分あるわけですから、七時五十分以降であれば、どの時点でもいいんですけどね。ただまあ、犯人の心理としては、テープは完全に巻き戻して、頭から、というのが普通でしょうね」

「………………」

省吾が校庭にいたところを見られたのは、近内が学校へ着いたほんの少し前ということだった。近内は、約束の八時を過ぎたばかりの時に、学校へ行った。

その少し前……。

七時五十分だという大竹刑事の言葉には、その含みもある。

「しかし……」

と近内は、刑事に言った。

「喜多川さんは、見間違いだろうと言っていました。私が学校へ行くということを知っていたから、だから、省吾じゃないかと思ったので、確かに省吾だとは――」

「その通りです。その通り」

大竹刑事は、大きく頷いた。

「見間違いだということは、充分に考えられますよ。その通りです」

「………………」

即座に肯定されたことが、却って近内の後の言葉をなくした。

たまらない気持になった。

うっ、と隣で喜子が口を押さえた。近内は喜子の肩に手を回し、その手に力を込めた。泣くな、という意味のつもりだったが、それは逆効果だった。喜子は、近内の胸に顔を埋め、声を立て始めた。

「でも、刑事さん。省吾は……省吾は、事件の後に学校へ来ているんです。そんなことを省吾がやったとするなら、怖くて学校へ戻るなんて、できないんじゃないですか」

「ラジカセが残ってますからね」

「………………」

大竹刑事は、受け流すように言った。

「あれを、そのまま教卓の下へ隠しておくことはできませんね。明日《あす》の授業で発見されてしまう。その前にラジカセは始末しておかないといけないでしょう。犯人としては、犯行時刻を移動するというトリックを使ったわけですから、その音が鳴る八時二十分頃には、どこかでアリバイを作っていると思うんですよ。そして、そのアリバイ工作をやった後、もう一度学校へラジカセを取りに戻らなきゃならなかったわけですね。ところが、戻ってみると学校には人が集まっていた。取るに取れない状態になっていたんでしょうね」

「…………」

近内は、大きく息を吸い込んだ。その拍子に、指に挟んだ煙草から、灰が膝の上へ落ちた。

「しかし、違う」

近内は言葉に力を込めた。

「省吾には、浅沼君を殺すような理由がない。省吾と浅沼君は友達だったんです。それが、どうして殺すようなことをしなきゃならないんですか。そんな理由は、どこにもないでしょう」

「ええ。理由はわかりません。ただ、もしかするとそうかも知れないという、想像はできます」

「……どんな？」

「十日の夜ですがね、貫井直之君が殺された十日の夜」

近内は、びくりとして刑事を見返した。

「あの夜の八時半頃、秋川学園から駅のほうへ向かって歩いている省吾君を見た人がいるんです」

「そんな……」

喜子が、身体を強張《こわば》らせた。刑事のほうへ向き直った。

「ええ。お宅で寝ておられたと、おっしゃいましたね。でも、その省吾君が、夜の八時半頃に駅の近くの喫茶店の女の子に見られているんですよ。時々、学校の帰りにその店へ寄るらしくて、女の子のほうが省吾君を覚えてましてね。あら、こんな時間に、と思ったそうです」

「……いや、刑事さん、あれは、その」

近内は、しどろもどろになりながら、身を乗り出した。

「あれは、ええ、確かに、あの夜、省吾は家を空けていました。しかし、そう申し上げたのは、そういうことではないんです。私たちが、勝手に……いえ、そうなんです。あれは、私たちが悪いんです。ああいう事件が起こって、ちょうどたまたま、その時、省吾が家を空けていたものですから、私たちが、勝手に先回りして、あんなことを。いえ、先回りというより、無用な疑いをかけられてはと、あの、刑事さん……」

「はいはい」

大竹刑事が、抑えるように両手を近内のほうへ上げた。近内は、床に落とした煙草をスリッパで踏みつけながら、首を振った。

「まさか、刑事さん、それで……私たちがそんな馬鹿なことを言ったから、それで省吾を犯人だと――」

「近内さん、違いますよ。わかってます。近内さんが、息子さんを思う気持はよくわかっていますよ。ただ、そういう目撃者がいたんだということを、申し上げただけですから」

「…………」

近内は、自分の拳を握り締めた。どうしていいのかわからなかった。いてもたってもいられない気持だった。

「理由を探すとすれば、そういうことも考えられるかも知れないと、それだけのことです。単なる想像にすぎません。なにもわからないのですよ。我々にも、まだなにもわからないのです」

近内は、目を閉じた。

荒い息を整え、その自分の吐き出す息の音を、目を閉じたまま聞いていた。

省吾。

と、近内は心の中で呼び掛けた。

省吾、帰って来い。帰って来てくれ。そして、オレがやったんじゃないと、お前の口から言ってくれ。

――ねえ、このタオルいい？

不意に、その省吾の声が甦った。

17

「電話を掛けてもいいでしょうか、刑事さん」

近内は、ソファから腰を浮かせながら大竹刑事にそう訊いた。

「電話？　もちろん結構ですが、どちらにお掛けになるんですか？」

「省吾の友達の家です。もしかすると、省吾がそこにいるかも知れません」

「友達、ああ、そうですか。何というお友達ですか？」

「坂部さんといいます。坂部逸子さんという省吾と同じクラスの女の子です」

「あなた……」

喜子が、見開いた目で近内を見つめた。

「ほう、女のお子さんですか。いや、まあどうぞ。お掛け下さい」

近内は刑事に頷き、立ち上がった。廊下へ出て応接間に入り、仕事場へ上がった。

机の上から学校の名簿を取り上げ、親子電話を書斎のものに切り換えた。名簿を見ながら、ダイヤルを回した。

「はい、坂部でございます」

声は、逸子のものではなかった。

「あ、夜分おそれいります。私は、逸子さんと同じクラスの近内省吾の父親なんですが、坂部さんのお母さんでいらっしゃいますか？」

「はい、さようでございます。ああ、近内君のお父さんですか？　娘から、近内君のことはしょっちゅう聞かされておりますのよ」

「ああ、そうですか。それはどうも。あの、つかぬことを伺いますが、今日《きょう》、省吾はそちらへ伺っておりますでしょうか？」

「は？　あの、ウチにということですの？」

「はい」

「いえ、そんな……おみえじゃありませんけど」

「……伺っていない。ああ、そうですか」

「だって近内さん、今、何時だとお思いですか？」

「あ、いや、これは、そうですね。非常識でした。どうも申し訳ありません」

「あの……どうして、近内君がウチにと、お考えになったのでしょう」

母親の声が、急に、不安そうな調子に変わった。

「いえ。あのですね。立ち入ったことを伺うようで、まことに恐縮なんですけれども」

「……はい」

「坂部さんは、あの、お母さんはお仕事で家を空けておられることが多いのではありませんか？」

「……あの、どういう意味ですの？」

「いえ、失礼なことは、重々承知していますが、あの、逸子さんだけで留守番をしているような時が、ずいぶん多いのではないかと」

「おっしゃっていることが、よくわかりませんけど……娘も大きくなりましたから、一人で留守番をさせることも、確かに多いですわ。でも、どうして、そんなことをお聞きになるんですの？」

「あの、びっくりなさらないで下さい。時々、息子がそちらのお宅に泊めていただいているようなんです」

「な……」

母親の声が、一瞬、途切れた。

「なんてことをおっしゃるの？　冗談にもほどがありますでしょう」

「いえ、あの。申し訳ありません。その、ですね、逸子さんは、今、おられますか？」

「……あの、近内さん？　あなた、ご自分でどういうことをおっしゃっているのか、わかってらっしゃいますの？」

「はい。承知しています。あの、お母さん、逸子さんと話をさせていただけませんか」

「………………」

しばらく母親は黙っていた。そして、言った。

「少々、お待ち下さい」

「どうもすみません」

だいぶ長い時間、近内は待たされた。電話の向うで、母親が逸子を問い詰めているのが聞こえた。近内は、唇を噛んだ。

受話器を取り上げた音が聞こえ、小さな逸子の声がした。

「はい……」

「あ、逸子さんだね」

「はい」

「昨日《きのう》、省吾がそこへ泊まったでしょう？」

「……いいえ」

「いや、怒っているわけじゃないんだ。本当のことを言ってほしいんだよ。これは大切なことだから。昨日《きのう》、私が電話を掛けた時、省吾がそこにいたよね」

「…………」

「頼むよ、逸子さん。省吾を助けてやってくれないか。昨日《きのう》の夜と、それから、十日の夜、省吾がそこに泊まったんじゃないのかい？」

泣き声に似たものが、受話器から聞こえた。

「逸子さん。責めているんじゃないんだ。本当のことを教えてほしいんだよ。そうでないと、省吾は人を殺したという罪を着てしまうかも知れないんだ。お願いだ。助けてくれ。本当のことを言ってくれ」

「……ました」

泣き声の中に、言葉が混じった。

「え？　なんて言ったの？」

「いました……」

喉を詰まらせながら、逸子は言った。

「泊まったんだね？」

「……はい」

「昨日《きのう》と、それから、十日の夜も？」

「はい……」

「今日《きょう》は？　省吾は、そこにはいないの？」

「帰りました」

「いつ？」

「昼ごろです」

泣き声が激しくなり、いきなり電話が切れた。

近内は、受話器を持ったまま、目を閉じた。ああ……と声が喉から洩れた。

ゆっくり、そっと、近内は受話器を下ろした。しばらく、そのまま電話の上へ手を置いていた。

「電話は、もうよろしいですか？」

後ろに声がして、近内ははっと振り返った。大竹刑事が、階段の降り口に立っていた。

「あ、どうも勝手に上がってきてしまってすいません。はあ、ここが、小説をお書きになる場所ですか」

部屋を眺めている刑事に、近内は取り縋るように言った。

「刑事さん、省吾は、十日の夜、坂部逸子の家にいたんです。逸子さんが、それを認めてくれました」

「ああ、十日の夜に、省吾君が坂部逸子さんの家にですか。ああ、なるほど」

「確かめて下さい。お願いします。ですから、省吾は貫井君の事件には関係ないんです」

「ええ、確かめてみましょう。それで、電話はもう、よろしいでしょうかな？」

「は？　あ、はい」

「ちょっとお借りしたいんですよ。ポケットベルというやつに呼ばれましてね」

「あ、それはすみません。ここではあれですから、今、下の電話に切り換えます」

「あ、下で？　ああ、そうですね。じゃあ、下で掛けることにしましょう」

近内は電話を切り換え、大竹刑事と一緒に階下へ下りた。刑事が廊下の電話に向かい、近内は居間へ戻った。

しばらくして、大竹刑事は難しい表情で近内の前に腰を下ろした。

「省吾君が、八時二十分前後にどこにいたかがわかりましたよ」

「…………」

近内は、目を上げた。思わず喜子と顔を見合わせた。

「省吾君は、喜多川勉君に会いに行っていたんです」

「あ、では、省吾は」

いや……と、刑事が首を振った。

「現在、省吾君がどこにいるのかは、まだわかりません」

「……でも」

「省吾君は、八時十五分頃に勉君を訪ねてきたそうです。そして、それから十分ほど勉君の部屋にいました」

「十分……？」

「ええ、これからまた行くところがあるからと、しきりに時間を気にしていたそうです。勉君に、何度も、今何時かと訊いていたそうですよ」

「そんな……」

そんなまさか、と近内は二人の刑事の間で目を往復させた。

八時十五分から十分だけ……それでは、まるでさっき大竹刑事が言った犯人のアリバイ工作そのものではないか。

「よくありませんな」

大竹刑事が首を振りながら言った。

「状況は、省吾君にとって、あまり良いとは言えませんな……喜多川勉君の家は、秋川学園から割と近いところにありましてね。電車でひと駅です。歩いても、まあ、急ぎ足なら二十分もかからないでしょう」

嘘だ……と近内は奥歯に力を込めた。そんなことがあってたまるか。

「あなた……」

喜子が近内の手を握り締めた。

18

いつのまにか夜が明けていた。

あれから、近内も大竹刑事も、ほとんど口を閉ざしていた。省吾は帰らず、どこへ行ったのかも摑めなかった。喜子は何度か茶をいれ替え、近内の前の灰皿には吸殻が溜まっていった。近内も喜子も、完全に疲れ切っていた。極度の緊張が続き、二人とも気が抜けたようになっていた。時折掛かってくる刑事への電話の音が、心臓に突き刺さるように響いた。あとは、なにも変わらなかった。ただ、時間だけが、ゆっくりと過ぎていった。

午前七時過ぎ、何度目かの電話が刑事に掛かった。

居間へ戻ってきた時、大竹刑事は立ったまま、近内に言った。

「省吾君が、見つかりました」

え、と近内はテーブルの上から顔を上げた。

「どこに？　あの刑事さん、省吾はどこにいるんですか？」

喜子が刑事に縋りつくように言った。

大竹刑事が、口許を引き締め、眉を寄せた。

「ご一緒にいらして下さい」

「刑事さん」

近内は、その刑事の言葉に妙なものを感じ取った。

「刑事さん、省吾になにか……」

大竹刑事は、大きく息を吸い込み、覚悟を決めたように頷いた。

「亡くなっていたそうです」

「………」

近内は立ち上がり、刑事の顔を見つめた。なにか、違う言葉を聞いたような気がした。

「こういう事態だけは……避けたいと思っていました。必死で捜したのですが、遅かったようです。力が足りませんでした……」

喜子の身体が、ゆらりと揺れた。近内は慌てて妻の身体を支えた。支えた自分の足にも、まるで力が入っていなかった。

「そ……それは、け、刑事さん、あの……」

大竹刑事と目黒刑事が、近内と妻を両側から支えるようにした。

「学校の裏手に、工場があります。その工場の給水塔の上から、飛び下りたらしいということです。これから、ご案内します」

刑事の言葉が、遥かに遠いところから聞こえた。頭の中が、真っ白になったように感じた。すべての感覚が失せていた。

省吾が、給水塔から……。

刑事に何かを言われたように感じて、近内はそちらを見た。刑事が、また口を動かした。しかし、言葉は聞き取れなかった。窓の外の光が、斜めに壁を光らせている。

——ねえ、このタオルいい？

すぐ後ろで、省吾が言ったような気がした。

19

工場へ着いた時、省吾は担架に載せられ、運ばれようとしているところだった。見せられた顔は、とても省吾のものとは思えなかった。頭から飛び下りたのだと、検視にあたっていた係官が説明した。

喜子が、省吾と一緒に行くと言ってきかず、担架と共に車へ乗り込んだ。近内は、省吾の最期の場所を目に焼きつけるために、その場へ残った。

　工場敷地の北側に、汲み上げた地下水を貯めておくための給水鉄塔が建っていた。塔の下には大きなポンプの設備があり、その横から鉄の細い階段が折れ線を描きながらタンクまで続いている。そのタンク脇の最上段には、形ばかりの手摺に囲まれた狭い張り出しのような場所が設けられていた。

　近内は、刑事に付き添われながら、その張り出しまで登ってみた。そこに立つと、足の下がストンと切れているために、ざわめきのようなものが背筋を走る。

　省吾は、ここから下の地面に向かって、まっさかさまに飛び下りたのだ――。

　変な気を起こすのではないかと心配しているのか、刑事は近内の腕をずっと押さえていた。

「ここに、省吾君の靴がきちんと揃えて置いてありました」

「靴……？」

　訊き返すと、刑事は、はい、と小さく頷いた。

「下へおろしてあります。青い色のスニーカーでした」

「…………」

　上がり框にラジカセを置き、スニーカーを履いていた省吾の姿が甦った。その時、省吾は近内を睨みつけ、

「オレが殺ったと思ってるんだな」

と敵意を込めて言った。

靴を揃えて……。

近内は、口の中でそう呟いた。ここへ登って来た省吾が、靴を脱ぎ、それを両手で揃えている姿を頭に思い描こうとした。まるで浮かんでこなかった。目を遠くへ上げた。工場の向うに秋川学園の建物が重なって見えた。グラウンドでは、数人の生徒たちが、サッカーボールを蹴っていた。風が頬にあたり、目にしみた。

「あの、もうよろしいでしょう?」

刑事が、そう言って近内の腕を引いた。

「そろそろ下りませんか」

近内は頷き、先に階段を下りる刑事の後へ従った。

近内は、鉄塔の下の地面に立った。チョークの白い線が、そこに倒れていた省吾の輪郭を残していた。その頭のあたりに、黒い血の染みができていた。

近内は、その輪郭の上にしゃがみ込んだ。黒い染みの上に、そっと掌を置いた。そのまま上を仰ぎ見た。タンクの横の張り出しが、やけに遠く小さく見えた。

「近内さん」

後ろで誰かが呼び、振り返ると大竹刑事が立っていた。手にビニールの袋を持っている。そこに、青いスニーカーが入っていた。

省吾の輪郭から立ち上がり、近内は刑事の手のスニーカーを見つめた。差し出されたそれを、ビニールごと手に取った。

目に焼きつけ、その目をぎゅっと閉じた。額にスニーカーをおしあてた。ビニールの乾いた感触の向うに、省吾の体温が匂った。近内は、しばらくそうしていた。

スニーカーを返すと、大竹刑事はハンカチを差し出した。近内は、いや、と首を振り、自分の手の甲で頰を拭い取った。

「札束のほうは、本部に保管してあります」

大竹が言い、近内は意味がわからずに刑事の顔を見返した。

「百万円の札束です。省吾君のスタジアム・ジャンパーのポケットに入っていました」

「…………」

「貫井直之君が銀行から引き出したお金があったのです。それを我々は探していました。百万円は、そのうちの半分です。あとの半分も、もうすぐ見つかるだろうと思います」

百万円……。

そうか、時枝記者がその金のことを言っていたな。近内は、ぼんやりとそれを思い出した。

それで、省吾の罪が確定したわけか。

そして、その罪に、省吾は自ら罰を下した……。

なぜか、急に、笑いが込み上げてきた。ふふ、と声に出し、近内は笑った。

「近内さん……」

大竹刑事が、びっくりした表情で近内を覗き込んだ。

近内は、笑っていた。自分でもわからず、近内は笑い続けていた。その笑いが、涙で崩れた。

違う！

近内は、声にならず叫んだ。

嘘だ。そうじゃない。そんなのは嘘だ。省吾は、やってはいない。間違いだ。すべてが何かの間違いだ。

肩に置かれた刑事の手を、近内は振り払った。

もう一度、近内は給水塔を仰ぎ見た。

タンクの向うの空に、小さい雲が一つ浮かんでいた。

20

翌日、省吾の葬式を前にして、近内は捜査本部の置かれている警察署へ自ら足を運んだ。

喜子は、昨日《きのう》からずっと省吾の部屋に籠もっている。何を言っても答えなかった。新聞はかなりのスペースをさいて事件を報道していたが、近内は配達された新聞をそのまま屑籠に放り込んだ。テレビもつけず、鳴りっぱなしの電話にも出なかった。近内のことを心配した編集者や作家の仲間が相次いで家を訪れ、雑事の世話や助力を申し出てくれたが、それらはすべて断った。

近内は、息子に何があったのかを考えようとした。様々な人間の言葉や顔が、浮かんでは消えていった。考えは、まるでまとまってくれなかった。

何かがおかしいと、近内は思った。どこかが狂っている。しかし、そう思わせるものがなんであるのか、近内にはわからなかった。

省吾の死は、近内にとってあまりにも突然すぎた。

警察の玄関で、近内は捜査本部の大竹刑事に取り次ぎを頼んだ。玄関横のベンチで待っていると、大竹はゴマ塩の頭を撫でながら近内の前に現れた。落ち着いて話せる場所がいいでしょうと、裏手の建物に案内された。畳のある狭い部屋だった。部屋の隅に布団や毛布が重ねて置いてあった。

「仮眠をここで取ったりもするんです」

近内のために茶を用意しながら、言い訳するような口調で大竹は言った。

崩して下さい、と大竹は言ったが、近内は畳に正座したまま大竹に向き合った。大竹もまた、その近内に合わせた。

「刑事さん」

言うと、大竹は湯呑を手に取りながら、静かに頷いた。

「やはり、私には信じられないんです」

「お気持は、よくわかりますよ」

「いえ、違うんです」

近内はかぶりを振った。

「何かが間違っています。省吾じゃない。絶対に省吾じゃありません」

「近内さん……」

「刑事さん。省吾は、最近、様子がおかしかった。それは確かです。でも、しかし、あの省吾に、自分の友達を二人も殺すなどということができるとは、私には思えないんです」

「近内さん」

大竹は、口をつけないまま湯呑を下へ置いた。

「わかります。わかりますけれども、状況はなにもかも、息子さんのやったことを示しているんですよ。つらいお気持は、痛いほどわかります。お父さんなら、それが当然のことですから」

近内は首を振った。

そういうことではないのだ。私はそういうことを言っているのではない……だが、それをどうこの刑事に伝えればよいのか、近内にはわからなかった。

「省吾が、浅沼英一君を殺したとおっしゃるのですか？」

「残念ですが」

「貫井直之君も殺したと？」

「…………」

大竹は口を閉ざし、静かな目で近内を見つめた。

「なぜ、省吾が英一君と直之君を殺す必要があるんですか？」

「残りの百万円が見つかったんですよ」

「……残りの百万？」

大竹は頷き、また湯呑を取り上げた。一口すすって近内に目を返した。

「貫井直之君は、十日、銀行から二百万円を引き出していました。直之君の死体が発見された時、その二百万はどこにもありませんでした。それが、ようやく見つかったのです」

「省吾のポケットに入っていたというお金ですか？」

「それが半分です。省吾君のポケットには、百万円の札束がありました。あとの百万は、浅沼英一君の机の奥にしまわれていたんです」

「英一君の……？」

大竹は、溜息のようなものを小さく吐き、二度、三度首を振ってみせた。

「併せて二百万です。十日の夜八時頃、貫井直之君の殺された工場用地から、二人の少年が走って逃げて行くのを見ていた人がいます」

「それが、省吾と英一君だと言うんですか？」

大竹は頷いた。

「しかし省吾は、その夜、坂部逸子の家にいたんです。駅の近くで省吾を見た人間がいると言われたが、それは見間違いですよ。省吾のような格好をして歩いている少年はいくらでもいます。それが、その人には省吾に見えただけです。省吾じゃない」

「いや、近内さん……」

「坂部逸子に訊いて下さい。彼女に訊いてもらえば、なにもかも間違いだとわかる筈です。省吾は、逸子さんと彼女の家にいたんです」

「訊いたんですよ」

え、と近内は大竹の顔を見つめ返した。

「訊いたんですよ、近内さん」

「訊いたって……じゃあ」

「坂部逸子さんはね、近内さん、十日の夜、省吾君には会っていないと言いましたよ」

近内は目を見開いた。

「そんな……」

「十日だけじゃないです。逸子さんが省吾君を彼女の家に泊めたことは、これまで一度もなかったそうです」

「嘘だ」

近内は、大竹のほうへ膝を乗り出した。

「刑事さん、嘘だ。省吾は、あの日、坂部逸子のところに泊まったんです!」

大竹は首を振った。

「本当なんだ、刑事さん。逸子が自分の口でそう言ったんです。私は、彼女から直接、それを聞いているんですよ。嘘です。泊めたことがないなんて、嘘ですよ、刑事さん」

「近内さん、落ち着いて下さい」

大竹は、なだめるような仕種で近内に両手を上げた。

「いや、これは確かなんだ。本当に、私は聞いたんですから」

「ええ、知ってますよ」

「知ってる……？」

「それも逸子さんから聞きました。逸子さんは、近内さんからの電話を受けて、十日の晩と十二日の晩、省吾君を家に泊めたと言った。彼女は、そう言いました」

「……それなら」

「いえ、彼女はね、近内さん。省吾君を助けたいと思って、そう言ったんですよ」

「…………」

「自分が一緒にいたと言えば省吾君が助かる、そう思って、近内さんにそう言ったんです。近内さんは学校に行って、逸子さんに会われたそうですね。その時、逸子さんに、息子を助けてやってくれと、頼んだでしょう」

近内は、信じられない思いで大竹を見返した。

「電話でも、近内さんは逸子さんにそう言った。助けてくれ、とね。そうでないと省吾が殺人犯人になってしまう。あなたは、電話で逸子さんにそう言ったでしょう？

その電話は、あたしも後ろで聞いていましたからね」

「嘘だ……違う。私は、そういう意味で言ったんじゃない。そうじゃないんだ。じゃあ……刑事さん、私が、逸子に省吾のアリバイを偽証させたと、そう考えているんですか？」

「いえいえ、そこまでは思っていません。そんなことは思いませんよ。ただね、逸子さんのほうとしては、そう受け取ったということなんです。逸子さんは、省吾君が好きだったんですね。それで――」

「違う……！」

近内は、声を絞り出した。拳を握り締めた。

馬鹿だ。オレは、なんという馬鹿だ……。

あの母親だ、と近内は思った。あの母親が、頼まれたから言った、と逸子に言わせたのだ。あの時、逸子が泣きながら電話で言った言葉は嘘ではなかった。あれこそ真実だったのだ。

「では、申し上げましょう」

大竹が言った。

「貫井直之君が殺害された現場から走り出てきた二人が、省吾君と英一君であるというのは、それだけじゃないのですよ」

「…………」

「実はね、近内さん。浅沼英一君が、喜多川勉君にアリバイの偽証を頼んでいたのです」

「え……？」

「最初に我々が英一君のところへ行った時、英一君は十日の夜、勉君の家に遊びに行っていたと答えました。しかし、そうではなかったんです。勉君は、なかなかそのことを話したがりませんでしたが、ようやく英一君に頼まれたことを認めたんです」

「頼まれた……」

「その翌日の十一日に、英一君は勉君に、十日の夜は自分と省吾君が遊びに行っていたことにしてくれと、そう頼んだんです」

「省吾と……」

「そうです。なにもかも、揃っているんですよ。近内さんが、省吾君ではないと思いたいのは、よくわかります。でも、それを否定することはできないんですよ。省吾君は、十日の夜、学校から駅のほうへ向かって歩いていたし、百万の札束を持っていました」

「…………」

「共犯者である英一君の存在が怖くなって、英一君を殺すことを考えました。その疑いが自分にふりかからないように、アリバイ工作を考えた。そこで使われたのは、省吾君のラジカセです。省吾君は、十三日の午後八時前に学校にいました。八時十五分頃、喜多川勉君のところへ行き、九時頃にはまた学校へ戻っています。それはアリバイ工作に使ったラジカセを取り返すためでした。でも、すでに警察が来ているのを見て、もうだめだと思ったんでしょう。悩んだあげくのことですよ」

近内は、力なく首を横に振った。

「あの金は、なんだったんです？」

「金――？」

「貫井直之君が持っていた二百万の金です。あれは、どういう金だったのですか？」

「それは、まだ我々もわかりません。中学生が持つにしては、あまりに大きな金額です。親も知らなかった預金でした。しかし、貫井直之君の家は裕福だったし、貯金がそれだけ溜まったというだけのことかも知れません。それを、どうしてあの日、銀行から引き出したのか、その理由も、まだわかってはいません。近内さん。でも、事態は変わらないのですよ。お金の意味がどうあれ、起こったことに変わりはないのです」

近内は、目を閉じた。

でも、違うのだ……そう自分に言いきかせた。なぜなら、自分は省吾の声を聞いている。

——ねえ、このタオルいい？

逸子の後ろで、省吾はそう声を掛けた。明るく、優しい省吾の声だった。人を二人も殺すような人間の声ではなかった。あれが、省吾の声だった……。

それからしばらくの後、近内は大竹刑事に送られて警察署を出た。

警察署の舗道で、近内はポケットに手を入れた。煙草の袋を取り出し、それから一本引き抜いた。

ふと、その煙草を眺めた。

近内は、火のついていない煙草を手の中に握り締めた。煙草が握った手の中で、ばらばらに崩れた。舗道の横に、四角い屑籠が置かれているのに気づいた。近内は、その屑籠に手の中の崩れた煙草を捨てた。残っていた煙草を、袋ごと丸めた。それも屑籠の中へ落とした。

21

省吾の自殺によって事件が一応の終結を迎え、それから約一ヵ月が経過した。

その日は、一学期の最終日とあって、近内泰洋はいつもより早く、家を出る支度をした。家は、このひと月の間に、すっかりほこりをかぶってしまった。喜子が実家に帰ってから、掃除などしたことがない。実家に帰ると言い出した喜子を、近内は引き止めなかった。引き止める理由が、近内にはなにもなかった。

靴を履こうと玄関に下りた時、廊下の電話が鳴り始めた。面倒臭いと思ったが、近内は受話器を取りに戻った。

「はい、近内です」

「あ、ご無沙汰しております。蜂須賀です」

耳に馴染みのある雑誌編集者の声が、受話器から聞こえた。

「ああ、久し振りだね」

「ほんとに、ご無沙汰してしまいました。いえ、ここ何日か、ずっとお電話していたんですが、ずっとお留守のようでしたので、午前中ではお寝みかなとも思ったんですが、こんな時間にすみません」

「ああ、いや、かまわないよ。この頃は、普通の人と同じような時間に起きているんだ」

「あ、そうなんですか。それはいいですね、健康的で」

「まあ、健康的かどうかはわからないが。それで、なんだい？」

「ええ、もう、お願いの電話ばっかりなんですけど、来月あたりに短いのを一つ、お願いできないかと思ってですね」

「いや、悪いんだが、今、仕事をしてないんだよ」

近内は、指で髪を掻き上げながら電話の向うの蜂須賀に苦笑してみせた。

「ええ、お仕事を休まれていることは伺っているんですが、もう、そろそろ、と思いましてね」

「うん、有り難いんだが、まだ仕事をする気持にならないんだよ。情けないことだとは、自分でも思っているけどね」

「いやあ、そんなにすげなくしないで下さいよ。今日《きょう》あたり、どうですか？　どこか、お出になりませんか？」

「いや、これから私用で、出掛けるところなんだ」

「あ、それは、どうもお忙しいところを失礼しました。いつ頃、お帰りでしょう？」

「時間？　わからないな。夕方には戻っていると思うけど……いや、でも、来てもらっても、まだ書くような状態じゃないから」

「ええ、ひとつ仕事を離れてですね、久し振りにお顔を拝見させて下さい。じゃあ、夕方以降に伺いますから」

「ああ……まあ」

「じゃ、その時にでも」

蜂須賀は、そう言って電話を切った。以前と変わらぬ強引な調子に、近内は、やれやれ、と思いながら靴を履いた。

戸締りをして、駅へ向かう。七月もすでに下旬。日射しはすっかり夏だった。

近内は、煙草をやめた。やめてから、ひと月になる。以前は一日に八十本から百本近くも喫んでいた煙草を、今は、一本も手にしていない。自分の中で、省吾のことが片付くまで、煙草は吸わないつもりだった。

近内にとって、事件は、まだ終わってはいなかった。

警察が、あれからどういった動きをしているのか、近内は知らなかった。警察にも、事件についてわかっていない部分があった筈だが、それを継続して捜査しているのかどうか、近内には摑みようがなかった。おそらく、もう本気で捜査はやっていないのだろう。

一時は、マスコミが躍起になって事件を報道した。名門の学園で起こった中学生の殺人事件。それは、ショッキングで、世間の興味を煽り立てるのに恰好な材料だった。十四歳の少年ということで、省吾の名前こそ、おおやけにはされなかったが、記事の中の「少年」が近内省吾だということを知らない者は、近内の周りには誰もいなかった。

しかし、それもひと月が過ぎると、砂の上に流した水のように、跡形もなく消えてしまった。人々にとって、事件はもう過去のものだった。

私鉄の駅の改札を、近内は定期券を見せて通り抜けた。

ああ、そろそろ買い換えなきゃいけないな……一ヵ月定期の期限を見て、近内はそれに気がついた。

22

秋川学園の銀杏並木の下に、近内は立っていた。

終業式を終えた生徒たちが、夏休みの始まった喜びを身体中で表現しながら、近内の前を通り過ぎて行く。彼らの一人一人に目を凝らした。近内の姿に気づいた生徒たちが、互いにこそこそと言葉を交わしながら、足早に過ぎて行く。毎日のように学校へ来ている近内を、今ではほとんどの生徒が知っていた。

生徒の流れの中に、ひょろりと背の高い植村教師の姿が現れた。植村は近内を認め、真直ぐに近付いてくる。眉の間に皺を寄せていた。その脇を通り過ぎる生徒たちが「先生、さようなら」と、甲高い声を掛けた。その挨拶に答える時だけ、植村教師の眉間の皺が消えた。

「近内さん」

前を立ち塞ぐようにして、植村教師は近内に言った。

「どうも先生、お早うございます」

「困るんですよ。何度、お願いすればわかっていただけるんですか」

植村は、大袈裟に溜息を吐《つ》いてみせた。

「すみません。ご迷惑は、お掛けしていないつもりですけれど」

「いや、ここに近内さんが来られること自体が、はっきり申しまして迷惑なんです」

「どうしてですか。私は、授業の邪魔をしたことはないし、子供たちにむりやり何かを強要したこともない」

「父兄の間からも苦情がきているんです。近内さんのお父さんをどうにかしてくれと言ってね」

「どうにか？」

植村の言葉に答えながら、それでも近内の視線は、下校の生徒たちを追っていた。

「子供たちが怖がっているんです。苦情の手紙を子供に持たせた親御さんもいます。電話を何度も掛けてくる親だっています。ホームルームの時間に、生徒たちの間でも、下校の時間に近内さんがここへ立っているのは気持が悪いという声がでています」

「…………」

「近内さん。もう、やめていただけませんか。学校に来ないでいただきたいんですよ」

「私は、ただ、省吾のことが知りたいだけなんです」

「それは、よくわかります。しかし、そんなことを言われても、いまさら仕方のないことじゃないですか」

「仕方ない？　私はそうは思いません」

植村は首を振った。

「近内さん、生徒たちもようやく落ち着きを取り戻してきたところなんです。あの厭な事件を、みんなが必死になって忘れようとしているんです」

「申し訳ないが、私はまだ忘れるわけにはいきません」

「あれから生徒たちの非行もなくなりました。元に戻ったんです。無断で欠席する生徒もいなくなったし、教室にようやく元の明るさが戻ってきたんです」

「元へ戻っているように見えるだけでしょう」

「警察へ任せたほうがいいんじゃないか、という意見も、職員の中から出ているんですよ」

「警察？」

近内は、植村を見返した。

「近内さんに、こういうことをやめていただくためには、警察に頼むのも、やむを得ないだろうという者もいるんです」

あ、と近内は生徒の流れのほうへ首を伸ばした。

丸顔のずんぐりと太った男子生徒が、その中に見えた。喜多川勉だった。近内は植村教師から離れ、その生徒のほうへ向かった。

「喜多川君」

あ、と勉が近内を見上げた。手に提げた鞄を脇に抱えなおし、近内の横をすり抜けるようにして駆け出した。

「いや、喜多川君、ちょっと待ってくれないか！」

追い掛けようとした近内の前を、植村教師が阻《はば》んだ。

「近内さん！　いいかげんにして下さい」

「いや、私は、あの子に話が……」

「やめて下さい。本当に警察を呼びますよ」

近内は、勉の去った道の向うから植村に視線を返した。

「呼んで下さい。かまいません」

「いいですか？　もう終わったことですよ、近内さん。あなたがこんなことをやっても、省吾君は決して喜んではくれませんよ」

近内は、ゆっくりと首を振った。

「私は、省吾の父親なんです」

何かの言葉を続けようとした植村に、近内は頭を下げた。生徒の流れに坂部逸子の姿を認めたからだった。

「あ、近内さん……」

呼び掛ける植村教師を無視して、近内は一度学校を離れた。

ゆっくりと電機工場の前まで来て、足を止めた。そこで待った。

坂部逸子は、鞄を胸に抱き、一人でこちらへ向かって歩いて来た。近内の姿を見つけ、その足が止まった。近内は、彼女に近付いた。

「逸子さん」

声を掛けると、逸子は近内から目をそらせ、そのまま歩き始めた。近内が横に並んで歩いた。

「逸子さん、ディズニーランドに行かないか？」

え？　と逸子は再び足を止めた。

「今日《きょう》から、夏休みだ。人がたくさんいると思うよ。私と一緒にディズニーランドへ行こう」

「……どうして？」

逸子が、不安そうな目で近内を見返した。

「言わなかったけど、省吾の部屋に写真があったんだ。ディズニーランドで君と一緒に撮った写真さ。君も持っているだろ？　省吾は、あの写真を大事にしまっていたよ」

「……行きたくありません」

逸子は首を振り、また歩きだした。

「省吾はね、逸子さん」

歩きながら近内は続けた。

「省吾は、君のことが好きだったんだ」

「やめて下さい」

「いや、君だって……」

「やめて……！」

逸子は、足を速めた。肩にかかる髪が、歩調に合わせてふわふわと揺れた。

「もう、終わったんですから。みんな、終わっちゃったんだから……」

「逸子さん、君はそれでいいの？　終わらせてしまってもいいの？」

「さよなら」

走り出した。赤になりかけている国道の横断歩道を、逸子は一気に駆けて行った。

近内は、その場に立ち止まった。周囲を行く生徒たちが、訝しい視線を近内に投げた。

もう少しだ……。

近内は、商店街のアーケードに消えて行く逸子の後ろ姿を眺めながら、小さく呟いた。

23

駅へ戻る前に、近内はアーケードの中にある『ＢＯＭ』という喫茶店に入った。いつも学校からの帰りに寄る店で、これが近内の習慣のようになっていた。

テレビゲームなどが置いてある店で、流れている音楽にしてもロックが中心だった。その店の中で、近内だけが異質な存在に見えた。ウエイトレスの女の子が、あらまただわ、という表情で近内を迎えた。そういう顔をされることにも、すっかり慣れた。

「コーヒーを」

女の子にそう言い、近内は、チラチラと煩《うるさ》いほどにデモンストレーションを繰り返しているテレビゲームのテーブルを眺めた。

この『BOM』に来るようになったのは、六月十日の夜、省吾がこの店の前を歩いていたということを聞いたからだった。店の女の子が省吾の姿を見たと刑事に言い、それが省吾の犯行を証明する一つの材料となった。

女の子に、近内は何度か目撃を確かめた。あの夜、八時半頃に省吾がこの店の前を急ぎ足で通りすぎたのは、確かなことのようだった。それはそれで、構わなかった。

近内は、店の中を見回しながら、ふう、と息を吐き出した。

自分のやり方がうまくないことは、近内にもわかっていた。もう一度話を聞かせてくれと、しつこく迫っても、生徒や親たちは態度を硬化させるだけだった。だが、近内には、それ以外の方法が思いつかなかった。

知らない。わからない。忘れた。思い出したくない。もうたくさんだ。帰れ。二度と来るな——これが、一ヵ月間、会う人間のすべてに言われ続けてきた言葉だった。

近内の頭の中にある疑問を口に出しても、それを正面から受け取ってくれるような者は、誰もいなかった。

歯痒いだろうな、省吾……。

近内は、そう呟いた。

情けない親父だと思っているだろう。しかし、他にどうすることもできないんだよ。逸子は、だいぶ話に付き合ってくれるようになったよ。あの娘は良い子だ。お前が、もう少し早く、あの子を紹介してくれたら良かったのに。でも、もう少しだ。デイズニーランドのことを、逸子は忘れていなかったよ。いや、あの子は、お前のことをみんな覚えている。逸子は、お前のことが好きだったんだ。

店の女の子が、気持悪そうな目で見つめながら、近内の前へコーヒーを置いた。また、呟いていたらしいと、近内はそれで気づいた。気が狂っているように見えるのかも知れない。

秋川学園の制服が、開いた自動ドアの向うに見えて、近内はそちらへ顔を上げた。入って来たのは三人だったが、その中の一人を、近内は、ほう、と眺めた。

菅原玲司だった。あとの二人の生徒は、名前を知らなかった。

玲司は、近内に気づき、ふん、と顔を背けるようにして仲間と店の奥へ進んで行った。彼らは、テーブルに着くやいなや、注文する間も惜しんでゲーム機の投入口へ硬貨を落とし込んだ。

ゲームか……。

そう呟き、それが一つの言葉を思い出させた。

チョコレートゲーム。

誰もが、その言葉を知らないと言った。それを近内に洩らした松平留美でさえも、そんなことを言った覚えはないと、首を振った。

チョコレートゲーム——それが、事件の底に流れていると、近内は思っていた。貫井直之が殺された翌日、省吾は自分の部屋でノートを燃やしていた。その焼け焦げた表紙の一部は、近内の書斎の机の中に入っている。そこには『コレー』とそれだけの文字が読めた。

また、貫井直之は六月十日、家を出る時に一冊の大学ノートを持っていた。そのノートは、とうとうどこからも発見されていない。省吾の燃やしていたものがそれなのだと、近内はそう考えた。それを言えば、警察は、それこそ省吾が直之を殺した犯人である証拠だと主張するだろう。しかし、近内はそう思わなかった。

この店のウエイトレスが目撃した通り、省吾はあの夜の八時半、喫茶店『ＢＯＭ』の前を駅へ向かって歩いていた。それはその通りなのだろう。それを否定するつもりはない。

ウエイトレスは、しかし浅沼英一を見ていない。彼女が見たのは、省吾だけだった。省吾が工場用地から逃げ出したうちの一人であるとするなら、ウエイトレスは、省吾と英一の両方を見ていなければならない筈だった。

さらに、時間の問題もある。殺害現場となった工場用地からこの『ＢＯＭ』までは、ゆっくり歩いたとしても十分程度しかかからない。ところが、空き地から走り出てきた二人の少年が目撃されたのは八時少し前だった。ウエイトレスの目撃は八時半頃である。

ノートのことを伏せて、それを話した時、大竹刑事は、

「まあ、犯人の行動としてはよくあるんですよ」

と言った。

「何か、現場に残してきたものがあって、省吾君だけが、それを取りに戻ったということでしょうね。省吾君しか目撃されなかったのは、そういうことですよ」

近内は、それで大竹刑事に相談するのを諦めた。警察は、一度決定した捜査結果を覆したくはないのだ。

省吾は、直之からノートを受け取り、それを処分しただけなのだ。チョコレートゲームの存在が、彼ら全員にとって重要なものであったから、それを省吾は処分したのだ。貫井直之の死によって、ゲームが表へ出ないようにするために、省吾はノートを処分した――。

チョコレートゲームとはなんだろう？

近内は、またそれを考えた。考えても、まるでわからなかった。推理の材料がまるでない。

菅原玲司たちは、大声を張り上げながらテレビゲームに興じている。それを眺めていて、近内は、ふと、気づいた。

そうだ、もう一つあった……。

近内は席を立ち、玲司たちのところへ行った。顔を上げた三人に、笑ってみせた。

「ジャック、君に聞きたいことがあるんだけどな」

玲司に声を掛けた。

「………」

三人が、ぼんやりした顔で近内を見返した。

「なんだよ、このオッサン」

一人が吹き出しながら言った。

「頭おかしいんじゃないの」

近内は、見当が外れたかなと思いながら、重ねて訊いた。

「菅原君、君じゃなかったの？　ジャックって呼ばれてたのは」

玲司は、口を尖らせて近内を睨み返した。

「なんの言いがかりだよ、それ。へんなこと言うなよな。バカにしてら、ジャックだってよ」

三人が声を立てて笑った。

「じゃあ、誰のことだい？　ジャックって」

「しらねえよ。気分悪いな。あっち行けよ、オッサン」

「菅原君。貫井直之君が、そのジャックに酷い目に遭わされたことがあった筈なんだ。それが誰だか知りたいんだよ。教えてくれないか」

「貫井がひでえ目？　なら省吾に決まってんだろうがよ。貫井を殺《や》ったのが省吾なんだから」

「……………」

玲司が、他の二人に顎を上げた。

「出ようぜ。気分悪いや。なんだよ、このオヤジ」

三人は、連れ立って店を出て行った。ウエイトレスが慌てて、

「あ、お勘定！」

と声を上げた。

「ああ、私が払うよ」

近内は、財布を取り出しながら女の子に言った。女の子は、顔をしかめながら、テーブルの上の伝票を取り上げた。

「私の分も一緒に。いくらですか？」

「コーヒー一つに、コーラ三つで千五十円になります」

近内は、勘定を払いながら、ウエイトレスに訊いてみた。

「あのさ、秋川学園の生徒がここによく来るでしょう。その中で、ジャックって呼ば

れている子を知らないかな」

「ジャック……？　さあ、知りません。はい、四百五十円のお返しになります。毎度有り難うございました」

早く帰れ、と言わんばかりに、ウエイトレスは釣銭を突っ返して寄越した。

「どうもお邪魔さま」

近内は『ＢＯＭ』を出た。

そうか、ジャックという手掛りもあったんだ……。

駅へ向かいながら、近内は一人頷いた。

貫井直之は、殺された前の晩、がたがた震えながら、畜生、畜生と言い続けていた。時枝記者から聞いた言葉である。

「みんなジャックのせいだ」

その時、直之がそう言っていたのを、彼の妹が聞いている。

ジャック――そう呼ばれていた者が、どこかにいる。

そうか、それがあった。

近内は、駅の階段を駆け上がった。

24

喜多川勉の自宅は、電車でひと駅のところにあった。

国道沿いに、間口の大きな店が赤札を暖簾《のれん》のようにぶら下げている。看板には『電機のキタガワ』と野太い文字が書かれていた。聞くところによると、店はここが本店で、あと都内に三ヵ所の支店があるということだった。社長である喜多川文昭の自宅は、本店の裏に建っている。

近内は店の横道を入り、直接自宅のほうへ回った。低い石塀の上に、手入れの行き届いたツツジの植え込みが並んでいる。門の横にあるインターホンのボタンを押そうとした時、うまい具合にその門が開き、丸顔の勉が現れた。

近内が立っているのを見て、勉は、あっと目を見開いた。首を引っ込め、中へ戻ろうとする。近内は扉を押さえて、勉に声を掛けた。

「勉君、教えてくれないか。君に聞き忘れたことがあるんだ」

「知らないよオレ」

勉は、近内に腕を摑まれ、それを振りほどきながら言った。

「知ってることは、全部話したじゃんか。何回も、何回も話したじゃん。もう、やだよ。知らないもん、オレ」

「いや、違うんだよ。いままで聞いたことじゃないんだ。友達の仇名を教えて欲しいんだよ」

「アダナ……？」

きょとんとした顔で、勉は近内を見返した。童顔だが、背丈は近内とさほど変わらない。父親の文昭に似て、身体つきはがっしりしていた。ただ、息子のほうが、だいぶ肉が余分についている。

「うん。あのさ、菅原玲司君は、みんなからなんて呼ばれているの？」

「菅原？　菅原は、菅原だよ」

「仇名はないの？」

「だって、奴に変なアダナなんかつけたら、ぶん殴られちゃうよ」

「ああ、そうか……じゃあ、仇名はないのか」

「なんで、そんなこと訊くのさ」

勉は、近内を訝しげに見た。

「それじゃあ、ジャックっていうのは誰？」

「………」

微かに勉の表情が変わったのを、近内は見逃さなかった。

「いるだろう？　ジャックって呼ばれている子が。誰がジャックなんだい？」

「知らない。そんな奴いないよ」

勉が首を振った。もう、逃げ腰になっている。

「いや、いる筈なんだ。君も知ってる筈だよ」

「知らないって言っててんじゃないか。そんなアダナ聞いたこともないよ」

「頼むよ、教えてくれないか」

「しつこいな。ほんとに知らないよ。なんにも知らないんだから！」

言うと、勉は家の中へ駆け込んで行った。

……勉が、ジャックなのではないだろうか。

近内は、ふと、そう思った。

勉と入れ代わるようにして、父親の文昭が家の玄関から門のほうへ歩いてきた。近内は頭を下げた。

「あなたも、ひどい人だね、近内さん」

喜多川は、強い口調でいきなり言った。

「息子を脅かしてどうするつもりなんだ？」

「いや、脅かしてなどは……」

「脅かしてるじゃないか。勉は怯えてますよ。学校でも勉のことを待ち伏せしたりしてるそうですね。どういうつもりなんだ」

「すみません。私は、自分の息子のことを少しでも……」

「あんたの息子さんはそれでもいいかも知れないが、こっちの息子のほうがその犠牲にされちゃたまらないよ。あんたがいくら省吾君の無罪を主張したって、事実は事実でしょう。自分の非を認めて自殺した省吾君のほうが、あんたよりもよっぽど男らしいよ。あんたは、いったい自分がなんだと思ってるんですか。小説を書いているんだかなにか知らないが、常識というものを少しはわきまえてもらいたいね。他人の生活の中へ、ずかずか入ってこないで欲しいよ、まったく」

「すみません。ご迷惑を掛けたことは謝ります。でも、一つ、教えていただけませんか」

「たくさんだと言ってるんですよ。それがこっちには迷惑なんだ。わからないのか、そう言ってるのが」

「いや、あのですね……」

「うるさいな！　帰りなさい。なにもあんたに話すことはないよ。もう、顔も見たくない。帰ってくれ！」

　近内の鼻先で扉が閉まった。

　喜多川勉が、ジャックか……。

近内は、駅への道を戻りながら、それを考えた。

いや、確かめておく必要がある。

みんなジャックのせいだ――。

近内は、また貫井直之の言った言葉を、口の中で呟いた。

駅へ戻り、近内は電話ボックスに飛び込んだ。秋川学園中等部の番号を回した。

「あ、もしもし、植村先生をお願いしたいんですが。私、近内と申します」

しばらくして、受話器を取り上げる気配がした。

「植村です」

「あ、先生、近内です。さきほどはどうも」

「近内さん……」

うんざりしたような声が返ってきた。

「先生、一つ教えていただけませんか」

「……なんでしょう」

「先生は、クラスの生徒のそれぞれの仇名をご存じですか?」

「仇名……ですか?」

「ええ、ニックネームといいますか、生徒同士で呼び合っている通称です」

「いや、知っているのも知らないのもあるでしょうが、どうしてですか?」

「あのですね、喜多川勉君は、他の生徒からはどう呼ばれていますか？」

「喜多川？　近内さん、どうして、そんなことをお訊きになるんです？」

「お願いします。大切なことなんです」

溜息のような音が聞こえた。

「喜多川は、親しい連中からは、トム、と呼ばれていますね」

「トム……」

「ええ、勉の後ろを取ったんでしょう。そう呼ばれているのを何度か聞きましたよ」

違ったのか……。

いささか気が抜けた。思い直して続けた。

「あの、じゃあ、菅原玲司君は？」

「…………」

植村が、やや沈黙した。

「あの、もしもし？」

「近内さん、これは何の真似ですか？」

「いや、お願いします。菅原玲司君は、どういう仇名で呼ばれていますか？」

「さあ、菅原の場合は、仇名というのを聞いたことはありませんね。みんな名前で呼んでいるんじゃないでしょうか」

とすると、誰だろうか？　考えられるとすれば、あとは、浅沼英一か、あるいは省吾だった……。

「浅沼英一君の場合は、どうですか？」

「浅沼は、アサ、と呼ばれていたようですよ。ちなみに、省吾君の場合は、チカ、でしたね」

ああ……と、近内は目を閉じた。

「もう一つだけ伺わせて下さい。ジャックと呼ばれているのは、誰でしょうか？」

「ジャック……？　さあ、ジャックですか？　それは聞いたことがありませんね」

「たとえば、ちょっと違っているかも知れません。チャックとか……」

「チャック……いや、ジャックもチャックも、生徒にそういう仇名を持っているのはいないでしょう。近内さん、何を考えておられるのか知りませんが、とにかく、いいかげんにしていただけませんか。これ以上、生徒をつけ回したり、待ち伏せたりするのはやめて下さい。そうでないと、さっきも言いましたが、本当に警察を呼ぶことになりますよ」

「わかりました。どうもお邪魔しました」

「あ、もしもし……」

近内は、そのまま受話器を置いた。

では、誰なのだろう？

喜多川勉ではなかった。菅原玲司でもない。浅沼英一でも省吾でもなかった。しかし、ジャックは誰だ、と訊いた時の勉の反応は、明らかにそれを知っている者のものだった。まあ、いくら担任とはいえ、教師は生徒のすべてを知っているわけではない。どこかにいるのだ。ジャックは、必ずどこかにいる……。

コツコツ、とガラスを叩く音がして、近内は、はっと振り返った。買物姿の婦人が、電話ボックスの外に立っていた。

「あの、もうよろしいですか？」

婦人に言われ、ああ、と近内はボックスを出た。

25

編集者の蜂須賀が近内の自宅を訪ねてきたのは、日が暮れてからだった。

「ツマミの類は持参しました」

と言いながら、提げた紙袋の中から、サラミソーセージだのレーズンバターだの割きイカだのを応接間のテーブルに拡げた。近内はダルマを出して、二人分の水割りを作った。

「あ、灰皿は、向うですか」

いや、と近内は首を振った。

「捨てた」

「捨てた……」

オウム返しに言い、蜂須賀は、そう言えばという顔で部屋の中を見回した。

「あの、煙草――」

「やめたんだ。そうだな、その皿を代わりに使ってくれればいいよ」

「へえ、禁煙したんですか？」

「うん」

「何日目ぐらいですか？」

「ひと月」

「…………」

それで、蜂須賀も事情を飲み込んだらしい。抜き取った煙草を、袋へ戻した。

「いや、いいよ」

と近内は、笑った。

「つき合ってくれる必要はないさ。気兼ねしないで、やんなさいよ」

「いや、まあ、どうということじゃないですから。じゃ、取敢えず、こっちのほうを」

　とグラスを口へ運んだ。

　しばらく蜂須賀は、他の作家の噂話や、最近観た映画の批評だのを喋《しゃべ》っていたが、近内があまり乗ってこないとみて、ふっと口調を落とした。

「僕がこんなことを言うのも、生意気なんですけど、近内さん、仕事なさったほうがいいんじゃないですか？」

　近内は、グラスをテーブルに戻しながら笑い声を上げた。

「なんだ、やっぱりそういう話になるんじゃないか」

「いえ、違いますよ。いや……仕事でも、という言い方はおかしいですけど、なさっていたほうが、その、紛れるというか——」

「わかってるよ、言いたいことは。こんな状態じゃ、息子の亡霊に殺されると言うんだろう」

「いえ、そんなことは……」

　近内は、手を振った。

「もう、半分は殺されてるさ。すでにね」

　蜂須賀は唇を嚙み、グラスに氷を足した。

　近内は、ふと、この男に話してみようかと思った。この蜂須賀なら、自分の話をきちんと聞いてくれるかも知れない。

「蜂須賀君」

「はい」

「馬鹿親父のたわごとでも、ひとつ聞いてくれるか」

蜂須賀は、真面目な顔で頷いた。

「なんでも聞きます。いや、僕なんかが聞いても、なんにもならないことかも知れないですけど」

「私の言っていることが、おかしいと思ったら、そう言ってくれよ。そうじゃないと喋るほうも張り合いがない」

「はい。ようするに、校閲するつもりでお聞きすればいいんですね」

近内は、ニヤッと蜂須賀に笑いかけた。

「そうそう。厳しくね」

言って近内はグラスを取り上げた。どこから始めようかと、少しの間考えた。蜂須賀は近内の言葉をじっと待っていた。

「蜂須賀君、君がある人間を殺そうと考えたとするよな」

は？　と蜂須賀は目を丸くした。

「いや、仮に、という話さ」

「ああ……はい」

「そして、その殺人計画の中に、あるアリバイトリックを使うことを思いついた」

「ええ」

「それは、なんのためだ？」

「なんのため？　いや、疑いを掛けられないようにするためじゃないんですか？」

「その通りさ。省吾は、六月十三日に秋川学園でそのアリバイトリックを使ったとされている。それは、君も知ってるよな」

「……はい。いろいろ報道されましたから」

「うん。アリバイトリックを使って、省吾は浅沼英一という同級生を殺害した。ところが、その犯行から数時間後、省吾は学校の裏にある工場の給水塔から飛び下りて自殺したんだ。おかしいと思わないか？」

「え、あの……」

と蜂須賀は、目を瞬いた。

「おかしいって、どこがですか？」

「アリバイトリックを使うような凝った犯罪をやった人間がだよ、それからたった数時間後に自殺するなんてことが、あると思うかね？」

「いや、だって……」

蜂須賀は、困ったような表情で耳の後ろを掻いた。

「あの、これは、ニュースで読んだ知識ですけど、省吾君は、ラジカセを取りに学校へ戻って来て、そこに警察がいるのを見て、それで……」

「だめだと、観念したというんだろ?」

「あ、はい……」

「いいかい? 省吾の身になって考えてみてくれ。省吾は、完璧なアリバイ工作をやったつもりだった。本当にそれは、見事に完璧だったんだ。テープは、セットしてから三十分後に物音が聞こえるようになっていた。物音は午後八時二十分に鳴った。その時間、省吾は喜多川勉という友達の家にいた。八時十五分頃に、省吾は勉君を訪ね、そしてそれから十分後の八時二十五分に用事があるからとそこを出ている。これは、勉君だけの証言ではなく、彼の母親もそうだと言っているし、それから勉の様子に気をつけていてくれと言われていた『電機のキタガワ』の店員さんも証言している。もっとも店員さんの場合は、玄関に脱いであった省吾の靴を見ただけだがね。オフクロさんに、今、勉の友達が遊びに来ているからと言われて、彼は店へ戻ったんだ。まあ、ようするに省吾は八時十五分から二十五分までの間、第三者のところへ行って完璧なアリバイを作ったわけさ。恐ろしく正確な犯行だと思わないか? セットした物音の前後十分間、かっちりとアリバイを作ったわけだからね」

「ああ……そうですね」

「だろう？　省吾はそれだけ入念な計画に基づいて、あの犯行をやったわけさ。ところが、学校に戻って警察が来ていたという、ただそれだけで、もうだめだと自殺してしまう――こんなことがあるだろうかね」

「あの、よろしいですか？」

「いいよ」

「でも、結局、そのトリックはすぐに見破られてしまったわけですよね。肝心のトリックが見破られたとなれば、そして、自分のラジカセが発見されたとなると、やはり……」

「まってくれよ」

近内は、ウイスキーを蜂須賀のグラスに注ぎ足した。

「トリックが見破られたと、省吾にどうしてわかるんだ？」

「え……？」

「省吾は、九時頃に学校へ戻って来た。その時は、すでに警察が到着していた。だから、省吾は学校の中へ入ることができなかったんだ。学校の外から、自分のアリバイトリックが見破られたと、どうしてわかるんだ？」

「いや、警察が来ていたから……」

「蜂須賀君」

「はい」

「省吾のやったトリックはアリバイ工作だよ」

「はい」

「はい、じゃないよ。アリバイ工作というのは、さっき君も言ったじゃないか。疑いが自分にかからないためにするトリックだろ? つまり、警察が来るということを想定して立てられたトリックなんだ。これが犯罪自体を隠蔽《いんぺい》するためのトリックだったら、警察が来たということで驚くのも無理はない。しかし、アリバイトリックでは、捜査が行なわれることは前提条件になっているんだよ。だから、警察が来ていたからといって、すぐに失敗したと考えるわけはないんだ」

「……なんだか、わからなくなってきました」

蜂須賀は、視線を宙に上げながら頭を掻いた。グラスを口へ運び、唇をなめた。

「十三日夜の犯行では、殺人現場にも妙なところが三つある」

「現場にも、ですか?」

「ああ、一つは問題のラジカセだ。あのラジカセは、黒板前の教卓の下に隠されていた。どうして、そんなところに置いてあったんだろう」

「どうして……?」

「まるで発見してくれと言っているようなものじゃないか」

「ああ、でも、あれでしょう？　教卓っていうのは、机の袖というか、正面と両サイドが壁のようになっていて、覗いてみなければその下は見えないようになっているんでしょう？」

「そうだ。しかし、かりにもそこで殺人事件が起こるんだ。警察は部屋の中を洗いざらい調べるさ。そんな場所は、発見してくれと言っているみたいなものさ」

「いや、でも、省吾君は発見されないだろうと考えたんじゃないですか？」

「おい、矛盾してるぜ」

「え？」

蜂須賀は、近内を見返した。

「発見されないだろうと思って、そこにラジカセを置いたのなら、警察が来ていても恐れる必要はないわけだよな」

「…………」

ポカンとした顔の蜂須賀に、近内は笑ってみせた。

「まあ、いいや。二番目におかしいところは、どうして省吾は自分のラジカセを使ったのかということさ」

「……ええと、それしか、テレコがなかったからじゃないでしょうか？」

「あるよ。いくらだってある」

「どこに……？」

「学校だよ。現場は中学校なんだ。音楽室や視聴覚室に行けば、テレコぐらいたくさん置いてある。それは、生徒みんなが知っている。万一、発見されたような場合でも、それが学校のものなら、すぐに自分が疑われるようなことはない。それなのに使われたのは省吾のラジカセだった」

「………」

蜂須賀が黙り込んだ。

「まあ、これも反論はいくらでもある。最大の反論は、それを思いつかなかったということだろうがね。でも、自分を容疑の圏外に置こうというトリックで、そこに目がいかないというのもおかしな話じゃないか」

蜂須賀は、手の中のグラスを見ていた。

「もう一つある。それは現場の状況だ。テープに録音されていた物音は、机をいくつもひっくり返したような派手なものだった。ところが、現場となった一年C組の教室には、ひっくり返したどころか、動かしたような机もなかった。あまりに間が抜けていないだろうか。実際、捜査員が状況に疑問を持ったのも、部屋の中が整然としすぎていたからなんだ。むろん、それをやった省吾の間が抜けていたんだと言われれば、それまでのことだがね」

蜂須賀が、ゆっくりと顔を上げた。

「近内さん……そうすると、省吾君は」

近内は頷いた。

「陥《おとしい》れられたんだよ」

「陥れ……」

「あれは、省吾がやったんじゃない。省吾は浅沼英一君を殺してはいないんだ。誰かが、殺人の罪を省吾に着せるために、あれは行なわれたんだ」

「しかし……しかし、それじゃあ、省吾君はどうして自殺なんかしたんですか？」

「省吾は自殺してないよ」

「え……」

蜂須賀の動きが停止した。

「省吾は自殺なんかしていない。いいかい。ここにも、いくつかのおかしな点がある」

近内は、グラスの水割りで舌を濡らした。

「まず、一つ。省吾が飛び下りた給水塔の上に、脱いだ靴が揃えてあった。飛び下り自殺する人間が、履物をそこへ揃える。いかにもありそうなことだ。しかし、省吾の履いていたのはスニーカーだ。下駄や草履じゃない。省吾は中学三年生だ。中三の男の子が、自殺する時に、自分の靴をそこへ揃えるようなことをするだろうか？　そんなのは省吾らしくないね」

「…………」

「二つ。省吾には好きな女の子がいた。これから自殺しようという人間が、大好きな女の子に、その子にだけは自分のすべてを見せることができる相手に、電話の一本も掛けないのか？　そして三つ。省吾は、どうして自殺の場所に学校の裏の工場を選んだのか？　省吾のポケットには、貫井直之君から奪ったとされている百万円の札束が入っていた。どうしてもっと遠くへ逃げないのか？　百万の金があれば、北海道でも九州でも逃げられる。いよいよという時まで、身を隠して逃げていられる。逃げおおせることはできないかも知れないが、でも、そうするのが普通じゃなかろうか？　それが、逃げもせず、学校の裏の工場で自殺した。おかしいじゃないか」

「近内さん……」

蜂須賀が、震えるような声で言った。

「じゃあ、省吾君は……」

近内は頷いた。

「殺されたんだ。給水塔の上から、奴は飛び下りたのではなく、突き落とされたんだ。私はそう考えている」

26

しばらく黙っていた蜂須賀が、顔を上げた。

「近内さん、どうして、そのことを警察に言わないんですか？」

近内は、ゆっくりと首を振った。

「言ったさ」

「言った……」

「何度も、私は自分の考えを伝えようとした。警察にも、関係者の誰にも彼にも、省吾じゃないということを訴えた。しかし、私の言葉をまともに聞いてくれる者は誰もいなかったよ」

「…………」

近内は、グラスを手の中に包み込み、ふっ、と笑ってみせた。

「つまりさ、だめなんだよ。今、君に聞いてもらったことは、なにもかも私の頭の中で組み立てたものだ。親父が息子の無罪を主張するためにひねり出したたわごとだ」

「そんなこと……」

「いや、そうなんだよ。実際、そうなんだ。アリバイトリックを使うようなことをしたのだから、自殺するのはおかしいと言ったところで、しかし、省吾はそうしたじゃないかと言われればそれまでだ。自殺する人間の心理というものは、常識で判断することはできない。中学生であろうと、自殺する時には靴を揃える者もいる。なぜ逃げなかったか。省吾に逃げるだけの心理的な余裕がなかったからだ。どうして一年C組の教室の机を倒しておかなかったのか。犯行に慌てていて、それに気づかなかったのだ——全部、説明はつく。私が今、してみせたのと同じように、理屈はすべてつくんだ。みんな頭の中で考えたことにすぎないんだよ。どれもが、こうも言えるがああも言えるというようなものばかりなのさ」

「変ですよ。でも、それは絶対に変ですよ。どうでも理屈がつくって……どうして、向う側の理屈だけが通るんですか？」

蜂須賀は、憤慨したように言った。それが、近内には、なによりも嬉しかった。

「向うには物証があるからさ」

「物証……」

「ああ、ラジカセは省吾のものだった。だから省吾が犯人だ。省吾のポケットに百万円の札束が入っていた。だから省吾が犯人さ」

「ひどいじゃないですか、そんなの！」

近内は、頷いた。

「ひどい。確かにひどいよ。だから、私は、なんとかして省吾への疑いを晴らさなければならないと考えている。そうしなければ、私は、省吾に対して申し訳が立たない」

「…………」

蜂須賀は、また黙り込んだ。

近内はソファを立ち、部屋の隅の棚からペーパーナイフを取ってきた。それでレーズンバターの封を切り、厚く輪切りにしたバターを一つ、口に放り込んだ。

「お手伝いさせて下さい」

蜂須賀が、覚悟を決めたような口調で言った。近内は、微笑みながら頷いた。

「ありがとう」

「いや、僕なんかじゃ、なんの力にもならないかも知れませんけど、今、なんかこう、腹が立って仕方ないんですよ。こんなことが、あっていいわけないじゃないですか。いや、絶対にいい筈がない」

蜂須賀は、グラスを一気に干した。唇についたやつを手の甲で拭い、ふう、と大きく息を吐き出した。ダルマの蓋を開け、グラスへ傾けて、ふと、その手を止めた。

「でも……どうやったらいいんでしょうか？　省吾君の無実の罪を晴らすとすると」

近内は、頷きながら、もう一つレーズンバターに手を伸ばした。

「それがなかなかなんだよ。頭じゃ、いろいろ考えられる。だが、それを実際に立証するとなると、これが並大抵じゃない。少々強引にやりすぎて、私は今、みんなから爪弾《つまはじ》きにされているような状態だからね」

「爪弾き……」

それでなんとなく通じたらしい。蜂須賀は、うーん、とうなり声を上げたまま、腕を組んでソファの背にもたれかかった。あ、といきなり顔を上げた。

「それを、お書きになったらどうですか？」

「書く？」

「ええ」

蜂須賀は、勢い込んで乗り出してきた。

「近内さんの考えをまとめて、すべての疑問を世間に訴えるんですよ。そうすれば、賛同者も現れるだろうし、警察だって……」

「いや、蜂須賀君、それはだめだ」

近内は、手を振った。

「だめ？　どうしてだめなんです？」

「そういうことはやりたくない。悪いが、それはだめだ」

「そうですか……しかし」

近内は首を振った。蜂須賀は、未練がましく頭の後ろを掻いていたが、やがてまたソファに背中を落とし込んだ。

しばらく二人とも黙っていた。

申し訳ないですけど、と蜂須賀は煙草を取り出した。それに火をつけ、深く煙を吸い込んだ。懐かしい香りが、近内の鼻をくすぐった。

「蜂須賀君」

近内は、思いついて訊いてみた。

「君、チョコレートゲームというのを知ってるかい？」

「チョコレート……なんの話ですか？」

ポカンとした顔で、蜂須賀は訊き返した。

「いや、どこかでそういうゲームを聞いたことがないか？」

「チョコレートゲーム、ですか？　さあ……どんな種類のゲームなんです？」

「それがわからないんだよ。私が、考えるに、今度の事件の裏側には、そのチョコレートゲームというものが存在しているらしいんだ」

「…………」

蜂須賀は、まるで要領を得ないという表情で近内を見返した。

「君もあの時、ウチに来ていたな。私が省吾とやり合った時だ」

「……ああ、あの、省吾君が火事を起こしそうになったっていう」

「それそれ。あれね、省吾は自分の部屋の中でノートを燃やしていたんだ」

「ノート？　なんのノートですか」

「わからない。しかし、その表紙には『チョコレートゲーム』という文字が書かれていた」

「チョコレートゲーム……」

「まあ、その文字すべてを見たわけじゃない。私の手元に残っているのは――ちょっと待ってくれ」

言って近内は立ち上がり、書斎へ上がった。机の引き出しから封筒を取り出し、それを持って下へ戻った。封筒を逆さに振り、燃え残りの表紙をテーブルの上へ落とした。

「コレー……」

蜂須賀は眺め、その目を近内に返した。

「これがその？」

「そうだ。省吾の学校へ行って、省吾がいつも一緒にいるような仲の良いグループを教えてくれと同級生に訊いたんだ。そしたら、その生徒が、チョコレートゲームの連中のことだったら、と口を滑らせたように言ったんだよ」

「滑らせた」

「うん。そういう感じだった。その後、浅沼英一君に会って、チョコレートゲームってどういう遊びかと訊くと、英一君は、ギョッとしたような顔で、なにも言わずに逃げて行った。そして、殺された貫井直之君なんだが、直之君は、事件の当日、家を出る時に大学ノートを一冊持っていた。それは、事件の後、どこからも発見されていない」

「あ……それが？」

近内は頷いてみせた。

「その省吾が燃やしていたノートだろうと思う。もちろん、チョコレートゲームが事件に関わっているというのは、私のカンのようなものにすぎない。なんの根拠があるわけでもない。その燃え残りだって、チョコレートゲームだろうと思っているだけで、違うかも知れないからね。ただ、省吾がそれを燃やしていたのが、貫井直之君の殺された翌日だったというのが、なにか引っ掛かっているんだよ」

「なんでしょうね……」

蜂須賀は、手の燃え残りに目を落とした。

「どういうゲームを想像する？　チョコレートゲームという名前から」

「そうですねえ……」

蜂須賀は、燃え残りの表紙を近内に返し、煙草をもみ消した。グラスを取りながら、目を宙に浮かせた。

「子供の頃、ジャンケンやって、チョキで勝つと、チ、ヨ、コ、レ、イ、トなんての、やりましたけどね」

「なに？　それ」

「あ、知りません？　スタートラインがあってですね、そこでジャンケンをするわけですよ。勝ったほうが進めるんですけど、勝った手によって進み方が違うんです。チヨキで勝てば、チ、ヨ、コ、レ、イ、トで六歩進める、グーだったら、グ、リ、コで三歩、パーなら、パ、イ、ナ、ツ、プ、ルでこれも六歩ですか。そうやってゴールに早く着いたほうが勝ちというわけです。いろいろ応用編があって、下校の時、負けたほうがその数だけ相手の鞄を持つとかね、いろいろやったですけどね」

「へえ、オレの田舎じゃ、そういうのなかったなあ」

しかし、それは違うように思えた。そういう遊びなら、秘密でもなんでもないし、第一、殺人などが起こる可能性はまるでない。

蜂須賀も、同じように思ったらしく、照れたような顔で首を振った。

「これも、違うかなあ……」

言いながら頭を掻いた。

「なんだい？」

「いえ、今の中学生ならマセてるからと思ったんですけど、チョコレートって言うと、浮かぶのはバレンタインデーですよね」

「ああ、バレンタイン……」

「ええ、女の子が好きな男の子にチョコレートを贈るって、あれですね。それを、なんかゲームにして……いや、違いますねこれも。チョコレートに毒を入れたような殺人事件じゃないですものね」

言ったあとで不謹慎だと思ったのか、蜂須賀は、すみませんと近内に頭を下げた。

なんだろう……？

こればかりは、まるで想像がつかなかった。いったいどんなゲームなんだ？

「もしかしたら、今の子供たちの間で流行しているそんなゲームがあるのかも知れませんね。調べてみますよ。社に戻れば、そういうの聞いたことがある奴、いるかも知れませんから」

「ああ、頼むよ」

近内は、ついでに訊いてみることにした。

「もう一つ、智恵を貸してくれないか」

「なんですか？」

「仇名だけどね、ジャックっていうのは、どういう子供につく仇名だと思う？」

「ジャック？　なんですか、それ？」

「いや、これも事件に関係あるんだよ」

近内は、貫井直之が事件の前日、『みんなジャックのせいだ』と言いながら震えていたことを話した。

「ジャックですか……なるほど、そのジャックを貫井直之君が恐れていたということは、直之君を殺った犯人が、そいつだということですね」

「まあ、決めてしまうわけにもいかないが、可能性はあるだろう？」

「そうですね……ジャック、ジャックね」

蜂須賀は、何度もそれを呟きながら首を振っていた。

「チビのくせにめっぽう強い奴とかね」

「…………」

近内は、蜂須賀を見返した。蜂須賀は、へへ、と笑ってみせた。

「ジャックと豆の木ですよ。そこからの発想です」

「ああ、そうか。チビだが強いか……なるほど」

それは、だれが当てはまるだろう？　喜多川勉はチビではない。菅原玲司も喧嘩には強いだろうが、チビとは言えまい……。

「でも、仇名っていうのは、名前の語感からきているのが多いですよね。ほとんどはそうじゃないのかなあ」

「うん、そうだな。省吾はチカというのが子供たちの間での呼び名だったらしい」

「ああ、そうですね。近内のチカですね。まあ、僕の場合、ふざけて『小六《ころく》』と呼ぶ奴もいますがね」

「ああ、蜂須賀小六《ころく》か」

「野武士ですよね、まるで」

「しかし、首領だろう」

「まあ、ははは……ジャックねえ」

気が抜けたように笑い、また考え始めた。

「トランプのジャックの顔に似ている、ってのも考えられないですか？」

「ああ、なるほど……あれは、どういう顔をしてたかな？」

「ノペッとしている顔ですよ。わりと男前で、長髪ですよね。髭を生やしているのと、いないのとあったんじゃないかな？」

うむ……と、近内は生徒たちの顔を思い浮かべた。しかし、顔の印象というのは、受ける側によってかなり違うものだろう。トランプの顔といっても、見当がつかなかった。

「まあ、僕なんかだと……」

と蜂須賀は、笑いを含ませながらソファの背にもたれた。

「すぐ馬のほうを考えちゃうほうですけどね」

「馬？」

訊き返すと、蜂須賀は、あ、いやいや、と手を振った。

「すみません。もっとちゃんと考えなきゃ」

「いや、なんだい？　その馬というのは」

「いえ、馬がいるんですよ。ジャックポットって名前の馬ですけどね」

「ああ、競馬か」

「すみません。どうも、あれですね。もっと考え方を中学生の視点に置かなきゃ、だめですね」

蜂須賀は、ガリガリと頭を掻きむしった。

近内の中に、妙な感覚が生まれた。

「いや、ちょっとまてよ……」

「なんですか？」

あれは――。

はっとして、近内は蜂須賀のほうへ顔を上げた。

「競馬だって……？」

「いえ、冗談ですよ。中学生が、友達の仇名に競走馬の名前をつけることはないですよ」

「そうじゃないんだ」

近内は、自分の記憶を確かめた。

間違いない。浅沼輝代は、確かにそう言った。

――競馬の新聞なんかをたくさん溜め込んでいたり……。

近内は、目を見開いた。

では、チョコレートゲームというのは……。

頭を強く振った。自分でも信じられないことだった。中学生に、そんな遊びが有り得るものだろうか……？

27

「蜂須賀君、訊くが、そのジャックポットという馬は、ジャックと呼ばれることもあるの？」

蜂須賀は、わけがわからないという顔で近内を見た。

「ええ、まあ……」

「呼ぶんだね？」

「はあ。新聞なんかでも、フルネームのスペースがないと、ジャックです。その通りに縮めて呼んでいるファンも、多いと思いますけど……」

近内は、小さく頷いた。昂《たか》ぶっている自分を抑えつけ、グラスの水割りを一口含んだ。

「たとえばだな、競馬ファンがいるとするね」

「……はい」

「そいつが、六月九日に『みんなジャックのせいだ』と言うことが、有り得るかね？」

「六月九日……」

あ、と蜂須賀が目を丸くした。

「あの……その言葉を、貫井直之君が言ったのは、六月九日だったんですか？」

「そうだよ。事件の前日だからね。事件は六月十日だった。その前夜、直之君が『みんなジャックのせいだ』と言いながら震えていたのを、彼の妹が見ている」

「そんな……」

「つまり、有り得るんだね？」

蜂須賀が唾を飲み込んだ。

「あの、お話ししませんでしたか？　僕が、生まれて始めて万馬券を取ったって」

「……ああ、聞いた」

「あれ、六月九日の最終レースなんです。そのレースに、ジャックポットが出走してました」

「どういう意味か教えてくれないか。みんなジャックのせいだ、と言うのは、どういうことを言っているんだ？」

蜂須賀は、テーブルに目を落とした。しばらく何か考えていた。ほんとかよ……と、小さな声で呟いた。

「蜂須賀君」

焦《じ》らされて、近内は答えを急《せ》かせた。

「それは、つまり……貫井直之君が、あのレースで負けたということですよ。あのレースは、銀行レースと言ってもいいぐらいの堅いレースだったんです」

「なに？　銀行？」

「銀行レースです。誰が考えたって、結果は動かないだろうと思えるような堅いレースをそう呼ぶんです。あれは、八百万条件というレースでした」

「まて、オレはまったく意味がわからん」

「ああ、そうですね。いや、別に重要なことではないですから、必要なところだけをご説明します。ええと、ですね、そのレースには十頭の馬が出走していました。その中で、ササコトブキという馬と、ジャックポットの二頭が、他の馬の人気を圧倒していたんです。二頭が両方とも八枠に入っていましたから、⑧—⑧という馬券がすごい人気になっていたんです」

「みんな、⑧—⑧を買っていたということ?」

「みんなということではありませんが、ほとんどのファンは、⑧—⑧で決まってあたりまえという見方をしていたわけです。あと、やや人気のあったのは五枠と七枠ぐらいで、一枠だとか、二枠なんてのはまったく無視されていたようなものでした。僕は、冗談のつもりで、それが第12レースだったから、①—②を買いました。しかし、それで決まってしまったんです。だから、配当は二万千七百円という超万馬券になっちゃったんですよ」

わかりやすく話してくれているつもりなのだろうが、それでも近内は蜂須賀の言っている半分ぐらいしか理解できなかった。

とにかく、大勢のファンが予想を外したということなのだろう。

「その大番狂わせの原因を作ったのが、ジャックポットなんです」

「原因を作った」

「そうです。千六百メートルという短いレースだったということもありますが、必要もなくジャックポットがササコトブキに競《せ》り掛けてしまったんですよね。逃げ馬のササコトブキが出遅れて、一気に前を行くジャックポットに並びかけたんですよ。そこまでは良かったんです。そこで、ジャックポットが抑えるとか、先頭をササコトブキに譲っていれば、レースは簡単に⑧―⑧で決まっていた筈なんです。ところが、なんとジャックポットがササコトブキを抜き返したんです。それで、完全に二頭のマッチレースみたいなことになってしまいました。他の馬もそれにつられて、あきらかにオーバーペースでしたね。最後の直線にかかったあたりじゃ、前へ行っていた馬は総崩れの状態になってしまったんです。まったく無視されていた①―②なんかが入ったのは、まあ、取ったこっちに言わせてもらえば、ジャックポット様々というところなんです」

近内は、咳払いをした。蜂須賀がめったにないレースで馬券を的中させたことはわかったが、レース展開のあたりはまるでわからなかった。

「ええと、ちょっと待ってくれるか。つまり、その銀行レースと呼ばれるぐらいの堅いレースが崩れて、超万馬券を生み出した原因がジャックポットにあったということなんだな、ようするに」

「そうです。ですから、みんなジャックのせいだ、と思ったファンは大勢いる筈ですよ。しかし、まあ……それを中学生が言うとは思えませんけど」

言ったのだ……。

近内は、腹に力を入れた。

貫井直之は、みんなジャックのせいだ、と言ったのだ。なぜなら、彼は、その翌日、銀行から二百万の金を引き出した。

「近内さん……」

蜂須賀が、恐れるように言った。

「しかし、中学生が、競馬なんて……そんなの無理ですよ」

近内は首を振った。

「いや、無理じゃないかも知れない」

「だって……」

「蜂須賀君、競馬の放送というのは、ラジオでもやるのか？」

「ラジオ？　ええ、もちろんです」

「省吾の担任に聞いた話だが、数人の生徒が授業中にラジオを聴いていたので、そのトランジスタ・ラジオを取り上げたことがあったそうだ」

「ラジオを……。それ、何曜日ですか？」

「曜日？　どうしてだ？」

「競馬は、土曜日曜ですから」

「ああ……じゃあ、間違いない。土曜日だと言っていた」

「しかし、信じられないですよ。中学生でしょう？　中学生が競馬なんて……だいたい、馬券を売ってくれませんよ、どこの窓口に行ったって」

「私は、よく知らないが、ノミ屋というのがあるだろう」

「ノミ屋……」

蜂須賀は、目を丸くした。

「あれは、どういうシステムになってるんだ？」

「そんな、嘘ですよ。ノミ屋だなんて」

「蜂須賀君、いいか」

近内は、事件が発生するまでの一ヵ月、秋川学園に急激に非行が増え始めたことを話した。その非行は、すべてが金に絡んだことだった。

親の金を持ち出す。下級生を脅して金を巻き上げる。万引をやる。そして、売春……。

「生徒たちは競馬をやっていたんだ。これは想像だが、チョコレートゲームというのは、彼らが競馬を呼ぶ時の隠語だったんじゃないだろうか。競馬をやって、その面白さに取りつかれ、ノミ屋とつき合いを始める。金がなくなり、どうにかして金を得ようとして、非行に走る。彼らは、それで自分たちの首を締めた」

「…………」

蜂須賀は、ぶるぶるっと身を震わせた。

「ノミ屋というのは、怖いんです。だいたいがバックに暴力団がついていたりしますしね。電話一本で注文ができて、代金はツケがききます。そのツケが溜まってくると、コワイお兄さんがやってくる……」

近内は、眉を寄せた。

省吾の身体中につけられたアザは、それだったのではなかろうか……。

アザは省吾だけではなく、喜多川勉も浅沼英一もつけられた。そして、貫井直之は、全身に打撲を負って、殺されてしまったのである……。

「だけど……」

と蜂須賀は首を振った。

「いくらなんだって、中学生が……そんなタカが知れてるじゃありませんか。彼らが持っているお金なんて、そんなにないでしょう」

「いいか、貫井直之君は、銀行から二百万の貯金を下ろしたんだ」

「……ああ」

「その後、直之君は、サラ金へ行って四百万の借金をしようとした。つまり、彼は併せて六百万円を用意しようとしたんだ」

「六百万……どうしてそんなに買ったんでしょう」

「溜まったツケを取り戻そうとしたんじゃないか？」

「ああ、だから、銀行レースを選んだんですね。銀行レースで儲けるとすると、本命を買うわけですから、少しぐらい買ったところで配当は馬鹿みたいなものです。そこで儲けるには大量に買わないとなりません」

中学生が競馬をやっていた――。

自分で考えたことではあるものの、近内はショックだった。省吾が競馬を……。

「いや、ちょっとおかしいですよ」

蜂須賀が頭を掻きながら言った。

「仮に、連中が競馬をやっていたとしますよね。でも、貫井直之君の場合、六百万買ったわけでしょう？　まあ、それは前に溜まっていたのも併せてかも知れないけど。そんな大量の注文を、ノミ屋が中学生相手に受けますかね。まあ、親から取るということなのかも知れないですけど、それにしても大きすぎますよ」

確かにその通りだと近内も思った。

「それにですよ。たとえば直之君は、ツケの六百万が払えなくて、二百万だけ持って行った。それでノミ屋から少ないじゃないかとヤキを入れられた——へんですよ。ノミ屋だって商売でやってるんですからね。客を殺してしまっては元も子もないじゃありませんか」

「なるほど、そうだな……」

「ということになると、省吾君と浅沼英一君のところにあった百万ずつってのは、あれはどうなるんですか？　たとえば、その二人も返すツケがあって、それが偶然、直之君の引き出した金額と合計が一緒になったとか言うんですか。なんだか、へんですよ」

「…………」

「やっぱり、競馬じゃないですよ。中学生に競馬なんて、無理ですよ」

それに、と近内は考えた。

だとすると、どうして浅沼英一が殺され、その罪を省吾が着て偽装自殺などという目に遭わなければならないのか？　ノミ屋がそのようなことをする必要は、どこにもない。

わかりかけたと思った謎が、再び、近内の中で崩れた。

「チョコレートゲームか……」

蜂須賀が、呟くように言った。

28

翌日、近内は名簿の住所を頼りに、坂部逸子の住んでいるマンションを訪ねた。高層マンションの五階に、坂部逸子と母親の妙子が生活している。エレベーターのボタンを押しながら、省吾も、このボタンを何度か押したのだと、近内は妙な気持を味わった。

五階でエレベーターを降りる。目的の部屋は、廊下の一番端にあった。呼鈴を押すと、しばらくして薄くドアが開いた。

「はい？」

逸子の母親は、理知的な広い額を持った美人だった。目と口許が娘にそっくりだった。母親が出てきたことで、近内は今日《きょう》が日曜日だったことに気がついた。

「どちら様？」

「はじめまして。近内省吾の父親で、近内泰洋と申します」

「…………」

坂部妙子が息を呑んだ。

「逸子さんに教えていただきたいことがあって参りました」

「あの……逸子は、おりません」

「いえ、お母さん。お願いします。長い時間ではありません」

「近内さん……どうしてあなた、娘をつけ回したりなさるの？」

妙子は、強い口調になってそう言った。

「お願いします。逸子さんと話をさせて下さい」

「お帰り下さい。娘をこれ以上、苦しめないで」

「苦しめようとしているんじゃありません。その苦しみを、少しでも取り除こうとしているんです」

妙子が、次の言葉を言おうとした時、部屋の奥から逸子の声がした。

「近内君は、死んだのよ！」

はっ、としたように妙子が後ろを振り返った。

「逸子、向うへ行ってなさい！」

その母親の言葉を無視して、逸子はドアのほうへやって来た。目に涙が浮かんでいた。

「おじさん、もう、そっとしておいてあげてよ。近内君を、これ以上、傷つけないで！」

近内は、逸子に微笑みかけた。

「逸子さん。どうして、君が全部を背負《しょ》い込もうとするんだ？　どうして、苦しいことを君ばっかりが引き受けちゃうんだ？」

逸子は強く首を振った。

「おじさんなんか、なにもわかってないのよ。なんにもわかってないじゃない」

妙子が逸子の肩を抱き締めた。逸子が声を上げて泣いた。

「近内さん、お聞きになったでしょう。どうぞ、お帰り下さい」

妙子は、娘を守るように抱き締めたまま、近内に言った。その母親を、逸子が突き放した。

「ママだっておんなじだわ！」

「逸子……！」

「ママだってなんにもわかってないじゃないの。近内君のことなんか、なんにも知らないじゃない。ただ、人殺しだと思ってるだけじゃないの。誰も、なんにも、わかってないじゃない！」

泣きながら、逸子は叫んだ。

近内は、ゆっくりと逸子に首を振った。

「君の言う通りだ。私は、まったくひどい父親だった。省吾のことをなにもわかってはいなかった。わかろうともしなかった。省吾は、君が好きだったんだ。それが、あいつに死なれてから初めてわかった。省吾には、君だけしかいなかったんだ」

「嘘よ！　近内君だって、最後にはあたしを捨てたわ。なんにも話してくれないいま、死んじゃったのよ……！」

「違う！」

近内が声を上げ、逸子と妙子が、びくりと身体を震わせた。

「違う。逸子さん、君は勘違いしているよ。省吾は、自殺したんじゃない。省吾は自殺なんかしてないんだ」

「………」

逸子が真赤になった目を上げた。

「省吾はね、殺されたんだ。全部の罪を着せられて、自殺したように見せ掛けられて、殺されたんだ」

「嘘……」

「嘘じゃない。私の言うことを信じてくれ。省吾は、絶対に君のことを捨てたりはしていない。省吾は、最後の最後まで、君が好きだったんだ」

「嘘よ……だって、みんなが言ってるわ。みんなが――」

「みんなが間違っている。私は、省吾を助けてやりたいんだ。省吾が生きている間にしてやれなかったことを……ほんとはもう遅すぎるけれど、せめて私は、今からでもしなきゃならないんだ。省吾は、人を殺していない。自殺もしていない。それを私は、はっきりと確かめたいんだよ。それには、逸子さん、君の助けが必要なんだ。頼むよ。省吾を助けてやってくれ。もう一度だけ、省吾にチャンスを与えてやってくれ」

逸子は、唇を嚙んでいた。目は近内を睨むように見ながら、唇をぎゅっと嚙みしめていた。

「省吾には君しかいなかった。だから、誰にも言えないような悩みも、君にはすべて打ち明けた。君にはみんな話したろ？　チョコレートゲームのことだって、どれだけそれで自分が馬鹿だったかってことも、みんな君には話しただろう？」

逸子は、弱く首を振った。ガクガクと口を震わせながら、ちがうわ、と小さな声で言った。

「ちがうわ。話してくれなかった。あたしが悪いのよ。あたしが、近内君に話すことができなくさせちゃったのよ」

「……どういうこと？」

訊きながら、近内は母親のほうへ目をやった。妙子は、苦しそうに目を瞬かせ、

「どうぞ、お入りになって……」

と近内を部屋の中へ通した。

綺麗な部屋だった。通された居間には、テーブルの上にも、窓際にも、書棚の上にも花が活けてあった。明るく、暖かい部屋だった。

近内は、勧められたソファに、逸子と向かい合って腰を下ろした。妙子が、部屋の隅で紅茶をいれはじめた。それぞれの前に紅茶のカップが置かれるまで、だれもが黙ったままでいた。

「逸子さん。省吾に話すことができなくさせたって、どういうことなの?」

「……近内君、あたしをぶったもの」

近内は、逸子を見返した。

「ぶった……? 省吾が君を?」

逸子はコクンと頷いた。

「あたしが、身体を売って、お金を作ろうとしたからよ」

「逸子……!」

妙子が、息を詰めた。

「あたしに話をしたのがいけなかったんだって、近内君は思ったんだわ。これ以上話したら、またあたしが馬鹿なことするって、近内君、そう思ったのよ。あたしに二度と、あんなことさせないように、それからは近内君、なんにも教えてくれなかった……教えてくれないまんま、死んじゃったのよ……」

「…………」

泣いている逸子を、近内は、ただ呆然と眺めていた。抱き締めてやりたかった。そうしたい自分を、必死で抑えた。

妙子のほうへ、向き直った。

「お母さんは、ご存じでしたか？　逸子さんが警察に保護されたこと」

妙子は、はい、と俯いたまま言った。

「あとで、植村先生から聞かされました。訊いても、この子は何も言ってくれませんでした。信じられませんでした。この子が、そんなことをするなんて。だから、間違いでしょうと、何度もこの子に訊いたんです。肯定も否定もしてくれませんでしたわ……」

「私は、まだなにも知らないんですが、逸子さんは、省吾を助けようと思って、それでそんなことをやったんだと思います。でも、幸い……逸子さんにとっても、省吾にとっても幸いなことに、実際、身体を売るというようなことにはならなかったようです。お母さんにとっても、つらいことだとは思いますが、そのあたりの事情も、逸子さんからお聞きしたいんです。構わないでしょうか？」

妙子は、小さく頷いた。

「逸子が、自分で話すというんでしたら……」

「どうもありがとう」

近内は、逸子のほうへ向き直った。

「逸子さん。どうして、身体を売ろうなんてことを考えたの？」

逸子は、ハンカチを取り出し、口を押さえた。振り切るように、首を振った。

「お金が必要だったの……」

「それは、省吾の作った借金のことなんだね？」

逸子は頷いた。

ああ、やはりそうだったのだと、近内は目を閉じた。

「チョコレートゲームで作った借金？」

「そう……」

「私は、そのゲームのことをよく知らないんだ。誰も教えてくれないし、自分でいろいろ想像してみるしかなかった。それで、想像したのは、それが競馬なのではないかってことだったんだよ」

「そうよ。みんな馬鹿よ。競馬なんて、やらなければ良かったのよ」

「そのゲームのことを、話してくれる？」

逸子は頷き、近内のほうへ顔を上げた。

29

「遊びだったのよ。最初のうちは、ほんとになんてことない、ただの遊びだったの」

逸子は、まだいくらか震えの残っている声で言った。

「いつ頃から始まったの？」

「二年の一学期ぐらいからかな」

「二年……そんな前から？」

近内は、驚いて訊き返した。では、植村教師が言ったような、一ヵ月どころの話ではなかったのだ。大人たちが気づいたのは、一年の間続けられてきたことの、表面化した最後のひと月だけだったのだ。

「最初は、すごく面白いゲームだったわ。男の子たちが始めたんだけど、女の子も面白がって参加したし、そんな危険なこととなんてなにもなかったもの。たぶんダービーかなんかが、切っ掛けになったんだと思うけど、誰かが自分の家から、競馬新聞を学校に持ってきたのよね。知ったかぶりした子が、この馬はどうで、これはどうで、なんて得意になって話してて、それじゃあ、どの馬が勝つんだよって誰かが言ったのね。それで、みんな自分はこれだと思う、とかいろいろ言い合ったわけ。じゃあ、賭けようぜってことになって、チョコレートをそれぞれ持って来て、それを賭けることにしたの」

「ああ、それでチョコレートゲームなのか……」

「そう。最初のうちは賭けるものって、チョコレートとか、学校の帰りに自動販売機で買って飲むコーラとか、そういうものだったのよ」

「それが次第にお金に変わった？」

逸子は頷いた。

「いつだったか、チョコレートを持って来なかった子が、お金を出したのね。これで買ってくれよって。そんな具合だったと思うわ。そしたら、だんだんみんなそうなってきたの。賭けるやり方も、はじめのうちは、ただどの馬が勝つかってことだけだったんだけど、本当の競馬は、違うやり方をしてるんだってことがわかってきた。枠が八つあって、その八つの中から二つを選んで、じゃあ、オレは③—⑥だとか、あたしは②—⑧だとか、そうなってくると俄然面白くなってきたのね。本物みたいなんだもの」

見ると、妙子が信じられないという顔で娘を眺めていた。

逸子の言うのは、なんとなくわかるような気がした。

遊びは本来、本物に近ければ近いほど面白いものなのだ。高度な遊びになればなるほど、そこに要求されるものは、本物らしさ、だった。

「よく先生や親たちにバレなかったね」

「だって、チョコレートゲームのことが学校になんか知れたら、それこそ大変よ。みんな停学になっちゃうわ。禁止されるだろうし、そういうことは、みんなちゃんとわかってたの。だから、自分たち以外には、絶対に内緒。ゲームに参加してない子にも、秘密だったわ。だって、そういうのを先生に密告する子って必ずいるんだもの。それは絶対にバレないわよ」

「逸子さんも、ずっとゲームに参加してたの？」

「ううん、あたしは二年の頃だけ。だってお金が続かなくなってきちゃったもの。あたしがやってた頃は、まだ現金だったから、その時その時にお金が必要だったのよ」

まだ現金だったから……。

その言葉は、恐ろしい響きを持っていた。

「実際には、どういう賭け方をしてたの？」

「みんなからお金を集めるでしょう？　それで、的中《あた》った人たちで、出した金額に応じてそのお金を分けるのよ」

「みんなどのぐらい賭けてたの？」

「たくさん持ってる子は、それなりにたくさん賭けてたわ。でも、普通は一レースに、一人だいたい千円ぐらいね」

「千円……そんなに、みんなお金を持ってるの？」

「あたしはあまり持ってなかった。みんなみたいに、たくさんお小遣いももらえないし、あたしの場合は、百円単位だったんだけどね。それでも、負けてばっかりいたから、すぐにお金がなくなっちゃう。近内君なんかは、わりによく的中《あ》てたのよ。一度なんか、一レースで八万円ぐらい儲けたことあったんじゃないかな」

「…………」

近内は、省吾の机のパソコンを思い出した。あれは、その時の儲けで買ったのだろう……。

「逸子さんが、参加してた時は現金だったって言ってたね。その後はどうなったの？」

恐る恐る近内は訊いた。ノミ屋への接触が始まったのが、それからなのだろう。

「あたしはやめちゃったから、知らなかったんだけど、あとで近内君に聞いたら、一々現金でやらなくなったのね」

「ノミ屋を使いはじめたんじゃないの？」

「そうね」

と逸子は、軽く答えた。

「それは、どこのノミ屋？」

「ううん、違うのよ」

「違うって？」

「本物のノミ屋なんて、まさか怖くって。それに誰も、どうやってノミ屋に連絡するのか知らないじゃないの」

「……というと？」

「そういう係ができたのよ」

「係？」

「って話だわ。よくわからないけど、もっと面白くするために、配当を本物と同じにしたの」

「本物と同じ配当」

「実際の競馬やって、そのあと、配当が発表になるでしょ？　たとえば、②―⑤一三・七倍とかって。それを、千円買った子がいるとすると、その子には配当が一万三千七百円あったことにするのね」

「……………」

「それで、精算の日を決めて、その時に現金をやりとりするようにしたらしいわ」

「待ってくれ。ということは、その係って……生徒の中にノミ屋をはじめた子供がいたってことなのか？」

「まあ、そういうことになるのね。その子が、外れた子からお金を集めて、的中《あた》った子に配当を渡すっていうことなのよ」

「………」

生徒がノミ屋をやっていた……。

なんということだろう。近内には、想像もつかないことだった。子供が、そんな遊
びをやっている……いや、これはもう遊びではない。遊びと言うには、あまりに危険
すぎた。

「そうやってみると、ゲームはもっと面白くなってきたわけね。もう、完全に本物と
おんなじなんだもの。でも、それが、馬鹿だったのよ。みんな馬鹿だったの」

「つまり、ツケが払えない生徒がでてきたってわけだね？」

逸子は頷き、両手で頰を押さえた。

「現金がいらなくなったもんだから、みんな賭ける金額がすごく大きくなったのよ。

負けてばかりいる子は、その負けを取り戻そうとして、また大きく賭けるでしょう。

ツケが増える一方になったの」

「ねえ、そのノミ屋をやっていたのは、誰だい？」

逸子は首を振った。

「近内君は、教えてくれなかったわ。近内君もずいぶん負けてしまって、すごく借金を作っちゃったの」

「どのぐらい？」

「八十万円ぐらいって言ってた」

「…………」

ああ、と近内は目を閉じた。

省吾が、八十万もの借金を……。

「だから、あたし、少しでもと思って、自分の小遣いをあげたの。でも、そんなもの、なんの役にも立たないのよね。いつまでたっても返せないでいたら、近内君、袋叩きにあっちゃったわ」

「……見たよ。私も、省吾の身体のアザ」

「ひどいわよ。いくらなんだって、ひどすぎるわ。近内君は、盗みでもなんでもやって返せと言われたらしいけど、あたし、そんなの厭だったから、自分でお金を作ろうと思ったの」

「それで、君が身体を……」

「そう。でも、できなかった。新宿に行って、お金を持っていそうなオジサンに声を掛けて、お金をくれたら、ホテルに行ってあげるって言ったの。一万円くれるって言ったわ。あたし二万じゃなきゃ厭って言った。そしたら、わかったって、ホテルに連れていかれて、いきなり抱き締められた……」

「逸子……」

妙子が、声を上げた。

「怖くなったから、先にオフロに入ってよって言って、それでその隙に逃げ出したの。怖かった。追い掛けて来るんだもの」

「ひどい目に遭ったね」

「ううん。それは自分でやったことだもの。でも、それが学校にわかっちゃって、もっと悪いことに近内君にわかっちゃった。ひっぱたかれたわ」

「……私が省吾だったとしても、やっぱり君をひっぱたいただろうと思うよ」

うん、と逸子は頷いた。

「嬉しかったの。近内君、泣いてたわ。泣きながら、あたしをひっぱたいた……」

許してやったんだろうな、と近内は心の中で省吾に問いかけた。逸子は、お前が好きだったからこそ、そうしたんだ。

しばらく逸子は黙っていた。ハンカチで目元を押さえ、髪を撥ね上げるようにして近内に視線を戻した。

「そんなことを、あたしがしたものだから、近内君は、なにも教えてくれなくなっちやったの。誰がノミ屋かってことも、あたしが借金のカタになる、なんて言い出さないように、教えてくれなかった」

借金のカタ……。

そんなことを中学生が考えるのか。近内は、自分がまるで省吾を、そして逸子を理解していないのだと、あらためて思った。

「でも、逸子さん。ノミ屋が誰なのか、省吾が言わなかったとしても、君には想像がついているんじゃないのか？」

逸子は、唇を噛みしめた。首筋を伸ばし、正面から近内を見た。

「近内君を袋叩きにしたのは、菅原玲司だわ」

「わかった……」

近内は、ゆっくりと頷いた。

「もう少し教えてくれるかい。六月十日の夜のことなんだけど……」

逸子は、はい、と声に出して言った。

「近内君は、泊めてくれってここに来たわ。初めてだったけど、泊めました」

「夜、どこかへ出掛けた？」

逸子は頷いた。

「いつ？」

「あの日は、精算の日だったらしいの。でも、近内君は行きたくないって言ってたわ。だから、約束の時間があったみたいなんだけど、ずっとここでグズグズしてた。でも、心配だったみたいで、出掛けたわ」

「それは何時頃？」

「八時前だったと思います」

「どのぐらい前？」

「十分か十五分ぐらい」

「ここから、学校までは、どのぐらいかかるの？」

「電車のタイミングにもよるけど、だいたい二十分から三十分ぐらいかな」

「それで、そのあと、ここにまた帰ってきたんだね」

「はい……」

「その時は、どんな様子だったの？」

「まっ青な顔をしてたわ。どうしたのって訊いたんだけど、答えてくれなかった。ただ、ずっと一晩中、震えてたわ。あたし、ずっと近内君のこと抱いてあげてたんです」

「……どうもありがとう」

近内は、頭を落とした。

抱いていてくれたという逸子の言葉で、なにもかもが救われたような気がした。

「十二日は……私がここに電話した時だけどね。あの晩はどうだったの？」

「あの日は、ずっとあたしと一緒でした。次の日のお昼頃に出て行くまで、ずっと一緒にいました」

「ラジカセを持っていた？」

「……ええ」

「どこへ行くって言ってたの？」

逸子は首を振った。

「なにも言わなかった」

「ありがとう。本当に、どうもありがとう」

近内は、テーブルに手をつき、逸子に頭を下げた。顔を上げ、泣き顔の逸子に言った。

「信じてやって下さい。省吾は、貫井直之君も浅沼英一君も殺していないんだ。自殺もしていない」

逸子は、はい、と頷いた。その目から、また大きな涙がひとつ落ちた。

30

坂部逸子のマンションを出た足で、近内は、まず植村教師を訪ねることにした。

一度都心へ出て、それから国電に乗り換える。植村の自宅は、学校までかなりの距離があった。どちらを見ても同じような家が並ぶ新興住宅地の中に、まだ建って間もない小さな家があった。新聞の折り込み広告にでも載っていそうな小綺麗な建物は、豪勢な喜多川のそれに比べると、あまりにも貧弱に思えた。

表の通りから垣根を透かして狭い庭が見えた。洗濯物を竿に拡げている若い婦人の姿がある。新婚なのか、と近内は納得したような気持になった。

呼鈴を押して待っていると、庭で見た夫人がエプロンで手を拭きながらドアを開けた。

「突然、お伺いしまして申し訳ありません。私は、植村先生に受け持っていただいていた近内という子供の父親なのですが、先生はご在宅でしょうか？」

「まあ、それはどうも……」

若い夫人は、髪を押さえ玄関の中へ近内を招じ入れた。

「わざわざこんな遠いところまで」

「いえ、せっかくのお休みのところをすみません」

「あの、ちょっとお待ち下さい。ただ今、呼んで参りますから」

慌てたような素振りで、夫人は家の奥へ入って行った。しばらくすると、トレーニングウエア姿の植村が玄関に姿を見せた。

「近内さん……」

「お休みのところへ押し掛けたりしまして、申し訳ありません」

「いや……まあ、お上がり下さい」

近内は、スリッパを揃える植村に手を振った。

「いえ、私はここで。あの、勝手なんですが、もし、先生のご都合がよろしければ、私と一緒に行っていただきたいところがあるんです」

「行くって……」

植村は、戸惑ったように顔をしかめた。

「どこへ行こうとおっしゃるんですか？」

「菅原玲司君に会って話がしたいんです」

「菅原に？　それはまた……」

どうして、と続く言葉を呑み込み、植村はあからさまに迷惑だという表情になった。

「私一人で参ってもよろしいんですが、できれば、先生に一緒に行っていただきたいんです。そのほうが――」

「いや、近内さん」

植村は、近内の言葉を遮った。

「近内さん、あなたは、いったい何をなさろうと言うんですか？　私は、何度も申し上げている筈です。もうウチの生徒たちには近付かないでいただきたいんですよ。昨日も、校長からそういう話がありました。ご自分のことだけでなく、周りのことも、少しはお考えになって下さい」

「一緒に来てはいただけませんか」

「近内さん」

「私は、一人でも参ります。ただ、先生にも来ていただいたほうがいいと思ったのです。菅原玲司君に会って、私は自分をどこまで抑えていられるか、正直言って、あまり自信がありません。先生が横においでになれば、なにかの時にはブレーキをかけていただけるのではないかと思ったんです。ご心配なら、昨日《きのう》からさかんに先生がおっしゃっているように、警察の人を呼ばれてもかまいません。もしかすると、そのほうがいいのかも知れません」

「近内さん……あなたは、いったい何を？」

植村教師は、恐れるような目で近内を眺めた。

「菅原君や生徒たちが何をやっていたのか、ご説明することはできますが、私の口からでは、恐らく信じていただけないでしょう。直接生徒からお聞きになったほうが、先生にもわかっていただけるだろうと思います」

「……ちょっと待って下さい」

近内の語気に気圧《けお》されたように、植村は心細い声で言った。

「あの、生徒たちが何をやっていたかって……それは、なんの話ですか？」

「喜多川勉君や浅沼英一君、そしてウチの省吾が身体中に青アザを作っていたことはご存じですね」

「……ええ」

「そのアザを作った原因が、ようやくわかってきたのです」

「………」

植村は、眉を寄せたまま、窺うように近内を見ていた。

「いや、とにかく……」

と、揃えたスリッパを近内に示した。

「とにかく、上がって下さい。まず、その近内さんのお話をお聞きしましょう。菅原に会いに行くかどうかは、それから考えさせてくれませんか」

近内は頷いた。

「結構です。では、失礼します」

靴を脱いだ。

31

菅原玲司の家には、植村の車で行くことになった。助手席に近内が乗り込むと、植村は大袈裟なほど慎重な運転で小型車を走らせ始めた。

国道で都心へ向かい、繁華街の喧騒を抜けて高台の住宅地へ入る。その一時間ほどの間、植村はほとんど口をきかなかった。近内の話があまりにショックだったのだろう。

「信じられない……」

と、何度も植村は言った。それが当然だと、近内も思った。

菅原玲司の家の前で、植村は車を停めた。玲司の父親が外交官で、現在日本を留守にしていることは聞いていた。植村教師にしてみれば、息子と同様、彼を溺愛している母親もまた問題な存在だと、以前近内は聞いたことがあった。玲司の非行を注意され、逆に息子が植村から差別を受けていると校長に訴えた前歴を持っている。

その問題の母親は、突然の担任教師の訪問に、汚らわしいものでも見るような態度で応じた。

「なんでございましょう。おみえになることは、伺っておりませんでしたけれど？」

玄関先で、母親は植村と近内を品定めするような目で見比べた。

「ええ、ちょっと近くまで来たものですから。玲司君は、いますか？」

植村は、作った笑いを浮かべながら言った。

「まあ、夏休みまで、子供のことを監視なさってらっしゃるんですか。大変なお仕事ですわね、先生も」

「いえ、監視なんかはしていませんよ。この先まで来たものですから、ちょっと顔を見て行こうかと思ったんです。どこかに出掛けているんですか？」

「ええ。夏休みでございますからね。遊びに参りましたわ」

「ああ、そうですか。遊びには、どこへ？」

「そんなこと」

と母親は、植村を睨みつける。

「タクでは、子供に縄をつけて育てるようなことは致しませんもの。遊びぐらい自由にできなければ、子供がかわいそうじゃございませんこと？　小学生じゃあるまいし、自分の行く場所ぐらい、自分で判断させます」

「そうですか。いや、いれば顔を見てと思っただけですから。じゃあ、どうも失礼しました」

植村は、いくらかムッとした表情で母親に頭を下げた。

「こちらこそ、失礼致しました」

そのまま母親は玄関の扉を閉めた。

ふう、と息を吐き出し、近内に目で合図して植村は車へ戻った。

「どこへ遊びに行っているか、だいたいの見当はつきますよ」

近内が助手席側のドアをロックしたことを確かめて、植村はそう言いながら車を出した。

「そんなに僕が気に入らないんなら、転校でもさせればいいだろうと思うようなこともありますよ」

植村は、弁解するような調子で、ハンドルを握ったまま言った。

植村教師が言った「見当」は、繁華街の中だった。車をパーキングメーターの前へ停め、二人は街の中を歩くことにした。

「ゲームセンターか、パチンコ屋か、十八歳未満おことわりをやっている映画館か、まあ、そんなところですね。あとは喫茶店でしょう」

その植村の考えが正しかったことは、三番目に覗いたパチンコ屋で証明された。

「待て、菅原」

教師に気づいて逃げ出そうとする玲司の腕を、植村が摑んだ。

「なんだよう……離せよ、このお」

店員や客が注目している中で、植村は玲司のシャツの胸ポケットに入っていた煙草の箱を取り上げた。

「なにすんだよ。横暴だろ、返せよ」

「なにが横暴だ。ちょっと来い」

植村は、玲司の腕を摑んだまま店の外へ出た。その時になって、玲司は、植村の横に近内がいることに気づいたようだった。

「どうして、人殺しのオヤジが、こんなところにいるんだよ？」

「菅原」

植村がたしなめ、玲司は、けっ、と顔をしかめてみせた。

「先公《せんこう》まで、人殺しの仲間かよ。問題だなあ、こりゃ」

玲司の大きな声に、あたりの通行人が三人を振り返った。

「菅原、ちょっとドライブでもしよう」

腕を引きながら、植村は玲司にそう言った。

「ドライブ？　ばか言うなよな。先公とそんなもん、できるかよ。よう……離せったたら、よう。誘拐じゃねえかよ。先公が、生徒を誘拐なんかしていいのかよ。やめろよ、このお！」

植村は、玲司の大声にかまわず、車のところまで引っ張って行った。近内は、黙ったままそれを見ていた。

「乗れ」

ドアを開け、前席のシートを倒しながら植村は言った。

「やだね」

「まあ、いいから乗れ」

「やだっつってんだろ！　やめろよ、オレが何したってんだよ」

植村は、喚《わめ》く玲司を後席に押し込んだ。近内が助手席に乗り込み、植村は慎重に車を出した。後ろを振り返ると、玲司は不貞腐れた顔で近内を睨み返してきた。

植村は、繁華街を少し離れた緑地公園の脇まで行って車を停めた。どうやら、車の中で話をしようということらしかった。

植村は、一旦車から降り、後ろへ席を移って玲司の隣に腰を下ろした。近内は、ルームミラーに映った玲司を見ていた。

「菅原。お前、喜多川や浅沼や近内を袋叩きにしたことがあったな」

へん、と玲司は植村から窓の外へ顔を背けた。

「前にも訊いたが、どうして、そんなことをした？」

「うるせえな、しらねえよ」

「ちょっとぐらいの喧嘩じゃ、あんなアザはできないぞ」

「しらねえったらよ。そんなこと忘れちまったよ」

近内は、ゆっくりと後ろを振り返った。

「チョコレートゲームのことも忘れたのか？」

「…………」

玲司が目を見開いた。あ……と、近内の顔を見つめた。

「な、なんだよ。それ……」

「忘れたか」

「しらねえよ、そんなもん」

その反応に、植村も、近内の言葉が嘘ではなかったと気づいたらしかった。

「菅原。お前たち、競馬をやっていたそうだな」

「……なんのことだよ」

「だいぶ儲かったのか、え？」

「しらねえったら！　ほんとに何もしらねえよ。なんでオレにそんなこと訊くんだよ」

近内は、身体ごと玲司のほうへ向きを変えた。とっさに玲司が身構えた。それを植村が抑えた。

「省吾は、八十万ほどのツケが溜まっていたらしい。それが払えないために、君に袋叩きの目に遭った」

「………」

「浅沼英一君には、どのぐらいのツケがあったんだ？」

玲司は、黙っていた。息遣いが荒くなっている。

「喜多川勉君のツケはいくらだったんだ？　袋叩きに遭わせるようなツケの取り立ては、いつもあの空き地でやってたのか？　払えないのなら、盗んででも返せと言ったそうだな。盗みができないと、また袋叩きだ。ヤクザだな、まるで」

玲司は、また不貞腐れたような顔に戻った。しばらくの間、近内はその玲司の顔を見つめていた。植村も、なにも言わなかった。玲司のやけくそになったような溜息の音だけが、何度か繰り返された。

「わかったよ、うるせえな」

そして、玲司はそう言った。

「殴ったよ。それがなんだって言うんだよ。ツケが払えねんだ。仕方ねえじゃんの」

「バカヤロウ！」

植村が、玲司を怒鳴りつけた。

「仕方ないとはなんだ？　お前は、自分のやったことがわからないのか！」

「なんでだよ。オレだって、そうしなかったら、どうにもならなかったんだ。オレは、言われて殴っただけだろう。オレが悪いんじゃねえや」

「なにい？」

植村が、玲司の腕を摑む。玲司は、それを振りほどいた。

「菅原、お前、自分のやったことを人になすりつけるのか？」

「だって、ほんとのことだから、しょうがねえだろ。オレは、金取って来いって言われたから、そうしただけじゃないか。払えって言って払う奴らじゃねんだからよ。痛い目みせてやんなきゃ、オレだってたまんねんだから」

「言われた？」

植村は、近内のほうへ視線を寄越した。近内が、代わって訊いた。

「君は、じゃあ、省吾たちを殴れって命令されたと言うんだね？」

「そうだよ。そう言ってんだろ」

「誰に？」

「貫井にだよ。決まってんじゃないか」

「貫井……？　貫井って、貫井直之君のことか？」

「あたりめえだろう？　他に誰がいるよ」

「…………」

近内は、眉を寄せた。

貫井直之が、玲司に命令を……。

玲司に目を返した。

「どうして、貫井君が、君にそんなことを命令するんだ？」

「だって！」

玲司が、大声を出した。

「オレだって溜まってたんだからよ。オレのほうがよっぽど溜まってたんだ」

「溜まってた？」

「オレは百三十万溜まってたんだよ。どうやったって返せないだろ。そんな金よ。どこにあるよ？」

「……じゃあ」

近内は、唾を飲み込んだ。

では、貫井直之だったのか……。ノミ屋をやっていたのは、この菅原玲司ではなく、貫井直之だったのだ——。

「貫井がオレに言ったんだよ。ツケの溜まってる奴から、金を取り立てりゃ、回収したぶんの一割をオレのツケから引いてくれるってさ。だからじゃねえか。オレだって必死なんだ。貫井は、ゲームで誰が何をいくら買ったっての、全部ノートにつけてたしさ。ごまかしなんかきかねえようになってたんだ。貫井はよ、金持ってたしさ。それで人も雇えるって、言いやがんの。本物のヤクザかなんか、連れて来られてみろよ。オレだってたまんねえよ。だから、オレがやるって言ったんじゃねえかよ。チョコレートやってる奴で、貫井に頭上がる奴なんて一人もいなかったんだからよ」

ああ……と、近内は思った。

省吾の燃やしていたチョコレートゲームのノートは、貫井直之が持って出たものだった。あのノートは、ノミ屋の元帳だったのだ……。

「近内や浅沼は、払えなくなって居直ったんだよ。最初はオレ、浅沼の野郎が殺ったんだろうと思ってさ。吐かせてやろうとしてたら、あんたに邪魔されたもんな」

あれはそういうことだったのか——と、近内は野球部の部室での一件を思い出した。

「あとで、週刊誌読んだら、浅沼と近内が二人で殺ったってわかったけどな。ま、殺してくれて助かったよ、オレにゃ、人殺しなんてできねえもんな。もとはと言や、みんな貫井が悪いんだよ。自分が殺されるようなこと、やってたんだからな。オレばっかり、こんな目に遭うなんてよ、あわねえよ」

「…………」

近内はシートの上で身体を回した。フロントグラスから前方へ目をやった。

貫井直之がノミ屋をやっていた——。

直之は、ツケの払いが悪い生徒たちに玲司を差し向け、取り立てをやらせていた。

その玲司も、ツケを払えずに苦しんでいた。

ノミ屋と客。事件は、その客が、どうにもならなくなり、逆にノミ屋に牙を剝《む》いたことによって起こった。

省吾にも、浅沼英一にも、貫井直之を殺害する動機があった……。

そんな馬鹿な。

近内は、そっと目を閉じた。

違う、どこかが違う。まだ、間違っている部分がある。

必死でそれを考えた。混乱した思考の中で、近内は大きく息を吸い込んだ。その瞬間、自分が大事なことを取り違えていたことに気づいた。

そうか……。

近内は自分自身に頷いた。

そういうことだったのだ——。

32

　自宅へ戻り、考えをまとめようとしていたところへ、蜂須賀が電話を掛けてきた。

「あの、考えてましてですね、一つ気がついたことがあるんです。それで、これから伺ってもよろしいですか？」

　蜂須賀は、勢い込んだ口調でそう言った。その蜂須賀がやって来たのは、それから三十分も経たないうちだった。

　駅前で買ってきたというホカホカ弁当を応接間のテーブルに置き、蜂須賀は紅潮した顔を盛んに頷かせながら言った。

「確定的ですよ。これはもう、確定的です」

「なにが、確定的なんだ？」

　近内は、急須にポットの湯を注ぎながら訊き返した。

「もちろん、省吾君の無実ですよ。六月十三日の事件ですけどね、あれはもう、絶対省吾君じゃないですね。有り得ないことですよ。浅沼英一君を殺したのが省吾君ではない、ということになれば、もちろん、自殺する必要だってどこにもないわけですからね。これは、完全に確定的ですよ」

「待てよ」

近内は、茶を入れながら思わず笑った。

「順序立てて話してくれよな。まあ、せっかくだから、冷めないうちに、これをいただくとするか」

弁当を食べながら話をすることにした。

「十三日ですけどね」

小さな焼魚の切身を割箸の先で崩しながら、蜂須賀は言った。

「浅沼英一君が、殺害された時——いや、本当に殺されたのはもっと前だったわけで
すが、一年C組で物音が聞こえたというその時には、真下の職員室に近内さんをはじ
め、何人かの父兄が集まっていたわけですよね」

「うん、その通りだ」

「八時二十分に聞こえた物音は、結局、犯行時刻を誤魔化すためのトリックだったわ
けですが、そのトリックが成立するためには、職員室に人がいることを、犯人が知っ
ていなければなりませんよね」

「…………」

ああ、なるほどそうだ……と、近内は頷いた。

「逆に、あの時間に学校がカラッポだったら、いくらテープの音を流したところで、

トリックなんて、なんの役にも立たなかったわけですよ。その音が八時二十分に鳴ったのだと証言する人間が、誰もいなくなってしまいますものね」

「そういうことだ。ああ、その通りだよ」

「あのトリックには、音を聴く人間が絶対に必要なんです。ところが、普通だとその時刻には、学校に人なんて残っていません。近内さんたちが集まられたのは、あの日が特別だったわけでしょう？」

「……前日の夜にそういう呼び掛けがあった。それで、急ではあったが、集まることになったんだ」

「つまり犯人は、少なくとも、その時刻、職員室で集まりが行なわれることを知っている人間じゃなければならないわけですよね」

近内は、湯呑のお茶を手に取った。

「省吾は、私たちがあそこにいることを知らなかった。なぜなら、呼び掛けの電話は、あの日、省吾がラジカセを持って家を飛び出して行ったあとで掛かってきたものだからだ」

「それを呼び掛けた人物は誰ですか？」

「電話を掛けてきた人物という意味？」

「そうです」

「それは、植村という省吾の担任の先生だよ」

「先生……じゃあ、先生がそれを？」

「いや、ちょっと待ってくれ」

近内は、蜂須賀に手を上げた。

「私のほうも、かなりいろいろなことがわかってきたんだ。そこから判断すると、省吾を陥れた犯人は、ただ一人しかいなくなる」

「誰ですか？」

「いや、順序を追って話をしよう」

近内は、弁当を突つきながら、今日、坂部逸子と菅原玲司に聞いたことを話して聞かせた。

チョコレートゲームは、考えていた通りノミ屋を使った競馬ゲームだったこと。しかし、そのノミ屋をやっていたのが生徒であり、そしてそれが貫井直之だったこと――。

「直之君がノミ屋……ああそうか」

と蜂須賀は、箸を置いて頷いた。

「だから、すごい貯金を持っていたわけだ」

「だから……というと？」

「いや、ノミ屋というのは、儲かるんですよ。配当を、本物と同じにしたと、おっしゃいましたよね。だとすると、チョコレートゲームというのは直之君だけが儲かるゲームになっていたわけですよ」

　近内は、首を傾げて蜂須賀を見た。

「ちょっと詳しく説明してくれないか？　直之君だけが儲かるというのは、どういうことだ？」

「配当の仕組みがそうなっているんです。何人かの生徒が、金を出し合ってどの馬が勝つかというあてっこをし、その金を的中《あた》った者が分ける……それなら、誰かだけが特別に儲けるということもありません。全部の賭金が分割されるわけですからね。でも、レースの後、競馬会で発表する配当金というのは、売られた馬券の金額すべてを分割したものじゃないんです。控除率ってものがあって、まあ、いわゆるテラ銭ですね、それが引かれているんですよ」

「ああ、テラ銭……」

「まあ、競馬会のほうでは、その中から勝馬に賞金を払ったり、競馬場なんかの補修をしたり、設備を整えたり、人件費を支払ったり、そういう金を捻出しなくてはなりませんからね。それで控除率というのを定めているわけなんですが」

「それは、いくらぐらいなの？」

「いろいろややこしい計算があって、一律にこうとは言えないんですけど、まあ、平均して二十五パーセントというところです」

「二十五……？」

「ええ、ですから、我々が馬券を買いますね。たとえば一万円買ったとすると、買ったその時点で、まず競馬会のほうに二千五百円を支払っていることになるわけです」

「……ずいぶんじゃないか」

「そうですよ。今時、粗利《あらり》が二割五分なんて商売は、あまりないでしょう。ようするに、的中《あた》った場合の配当金というのは、その全体の賭金からテラ銭分を差し引いた残りを分けているわけなんです。つまり、百円買った場合の戻ってくる期待額、と言いますかね、それは平均七十五円しかないんです。だから、競馬やってそれで一財産作ったって人間が少ないのはあたりまえですよね」

「…………」

「貫井直之君というのは、すごく頭のいい子ですね。たぶんそのあたりの計算をした上で、ノミ屋をやることにしたんでしょう。とにかく、自分は賭けずに人に賭けさせていれば、計算上、賭金のうち二十五パーセントは確実に自分の手に残るわけですからね。客になった他の生徒はどんどん金を放出し、それが直之君の懐に集まってくるんですよ。客たちがたくさん賭ければ賭けるほど、直之君だけは確実に儲けが増えていくわけです」

　恐ろしいことを考える子供だ……。

　貫井直之が頭のいい生徒だったことは、誰もが認めていた。体育を除き、他のすべての教科でトップの成績を取っていた。その頭を、直之は、チョコレートゲームに応用したのだ――。

　省吾の燃やしていたあのノートに、直之が賭けの記録を書き込んでいる姿を思い浮かべて、近内は、背筋が冷たくなった。学校の友達の小遣いを確実に巻き上げていくシステムを、貫井直之は作り上げてしまったのだ。そして、そのツケは、みるみるうちに膨脹し、数十万単位の借金を抱える生徒まで生み出した。

　――チョコレートやってる奴で、貫井に頭上がる奴なんて一人もいなかったんだからよ。

　菅原玲司の言った言葉が甦った。

　客になった生徒たちの中には、チョコレートゲームが貫井直之の懐を肥やすだけのシステムに変わってしまったことに気づいた者もいたことだろう。しかし、時はすでに遅かったのだ。彼らは、直之の手にした金に、完全に縛られていたのだから。

「あれ、でもそうすると……」

　蜂須賀が、茶を入れ替えながら呟いた。

「下手をすると、これはまた省吾君に不利な材料になってしまいますね。ツケを払えなくなった生徒が、借金を帳消しにするためにノミ屋である直之君を殺した……警察は、そんなふうに考えるんじゃないですか？」

「いや、実は私も、菅原玲司からその話を聞いた時には、そう考えて気が重くなった。しかし、そうじゃないんだ。貫井直之が殺されたのは、ツケの溜まった子供の逆襲ではなく、まったくそれと反対の意味だったんだよ」

「反対……？　というと」

「直之君は、あの日、銀行から二百万の金を下ろしたじゃないか」

「…………」

蜂須賀は、え、という顔で近内を見返した。

「それだけじゃなく、その後、直之君はサラ金に寄り、さらに四百万円を借りようとした。つまり、あの六月十日に金を払うことになっていたのは、直之君のほうだったのさ」

「直之君のほうが支払いを？」

「万馬券だよ。君の取った万馬券だ。あれを、的中《あ》た《て》生徒がいたのさ」

「あ、そうか……」

「だから、前の晩、直之君は『みんなジャックのせいだ』と言いながら震えていたんだよ。ジャックのお蔭で、彼は六百万円もの金を支払わなくてはならなくなったんだからね」

蜂須賀は、弁当の包み紙を手元に引き寄せ、ボールペンを取り上げた。そこへ数字をいくつか書き込んで、いや、と顔を上げた。

「計算するまでもありませんね。あの万馬券の配当は、二万千七百円でした。つまり、倍率で言うと二百十七倍です。まあ、約二百倍と考えると、生徒の中で、①―②を三万円も買ったのがいたことになりますね。直之君が支払おうとしていたのが六百万だとしますとね」

近内は頷いた。

「私は、こうじゃないかと思うんだ。誰かが①―②を三万円買ったのではなく、一万ずつ買った生徒が三人いたんじゃないかと思うんだよ」

「三人が一万ずつ……ああ、そのほうが有り得ますね。負けの込んでいる誰かが、その負けを一気に取り戻そうとして大穴を狙う。ええい、こいつに一万だ、とね。それに、あとの二人がオレも、と乗る。そういうのは、我々もよくやりますから」

「なるほどね。そういう風景か。いや、私が考えたのは、もっと現実的なんだ。あの日、現場の空き地から走り出て来た二人の少年が目撃されている。さらに、坂部逸子の話からすると、省吾も行くことになっていたらしい。実際、省吾はノートを持って帰ったわけだしね」

「ああ、逃げた二人と省吾君、ということですか。てことは、その前の二人が問題になるんですけども……」

「うん。一人は、恐らくやはり浅沼英一君だろうと思う。とすると、あとの残りは一人しかいないよ」

「というと……」

「喜多川勉だよ」

言って、近内はやり切れない思いで、目を湯呑へ落とした。

33

「そうか、そういうことなのか……」

蜂須賀が、ポツリと言った。

それですべての説明がつくことに、蜂須賀も気づいたようだった。

「つまり、喜多川勉と、その親父の犯罪だったわけなんですね」

「それしか、考えられないな」

蜂須賀は、ポケットから煙草を取り出した。あ、と近内のほうを見たが、肩を竦めながら一本口にくわえた。

「親父が息子の犯罪を知って、泥縄をやったということですか」

「だろうね」

「まず、共犯者である浅沼英一君を殺害し、そして、現場に勉と英一君が行ったことを知っている省吾君にすべての罪を着せた。自殺したように偽装し、自分の息子だけを救ったわけですね」

近内は、ゆっくりと頷いた。

「六月十三日の夜の集まりを提唱したのは、喜多川文昭だったんだよ。自分でもそう言ってたからね。その集まりで、七時五十分と九時の二回、省吾は学校にいるところを目撃されている。しかし、それを目撃したと言ったのは、二度とも喜多川だった」

「それと、勉のほうの証言もありますよね。勉は、八時十五分から二十五分まで省吾君が訪ねて来ていたと、警察に言ったわけでしょう。省吾君が不利になるような証言は、こうしてみるとすべて喜多川親子から出ているわけですからね」

「浅沼英一が、アリバイの偽証を頼んだという電話にしてもそうだ。全部、罠だったんだよ。その罠の中へ、私はのこのこと出掛けて行った」

畜生……と、蜂須賀が呟いた。胸一杯に吸い込んだ煙草を、ふう、と一気に吐き出した。

「許せないですよ。殺人を犯すだけでなく、その罪を他人に被せるなんて……」

近内は、目を閉じた。

オレは、自分自身を許すこともできない……。省吾は、父親を見抜いていた。

――オレが殺ったと思ってるんだな。

近内は自分自身に首を振った。

お前は、省吾の部屋を探し回った。二百万の金が出てくるのを恐れながら、そんなことは有り得ないと思い続けながら、それでも探すのをやめなかった。

お前は、省吾を信じてやらなかった。信じているのだと、自分まで誤魔化し、さも父親だという顔で省吾を見ていた。

なにが、父親なんだ。お前のどこが父親なんだ。

勉と英一が貫井直之を殺したことを知って、省吾はひと晩中震えていた。その震えている省吾の身体を抱いてやったのは、お前ではなく、逸子だったのだ。省吾は、お前や喜子ではなく、逸子を選んだ。

なぜだ？　お前に、それがわかっているのか。なぜ、省吾はお前を選んでくれなかったのか。その意味が、お前にわかるか？

「近内さん……」

肩に手を置かれて、近内は、はっと目を開けた。

「……大丈夫ですか」

それで、自分が震えていたことを知った。

蜂須賀は、不安気な表情で近内の顔を覗き込んでいる。

「いや、悪かった」

言って、近内は立ち上がった。ポットを持って台所へ行き、ヤカンを火に掛けた。

その後ろに蜂須賀が立った。

「近内さん、僕、これから行ってきますよ」

え、と近内は蜂須賀を振り返った。

「行くって、どこに？」

「警察です。警察へ行って、話をしてきます」

「いや、蜂須賀君……」

「僕のほうが、いいんじゃないかと思うんですよ。近内さんが行かれるのが、そりゃ一番ですけど、警察は近内さんをまた違う目で見ているかも知れないし、却って部外者の僕のほうが、聞いてもらえるかも知れません」

「蜂須賀君」

「夜で、もう人は摑まらないかも知れませんが、とにかく行くだけ行ってみます。喜多川親子の犯罪を、警察で確かめてもらいますよ。かまいませんか？　僕が行っても」

近内は、何度か頷いた。そのほうがいいのかも知れない。蜂須賀の言う通りなのかも知れなかった。

「じゃあ、あとでまた連絡します。今夜は、ずっとおられますね？」

それを確かめると、蜂須賀は鞄を取りに応接間のほうへ戻って行った。

34

それから二時間ほど後、蜂須賀は刑事を伴って近内の家へ戻って来た。

「どうも、お邪魔します」

大竹刑事だった。

応接間のソファに着くと、刑事はゴマ塩の頭を撫で上げながら近内に笑い掛けた。

「お話は、こちらの蜂須賀さんからだいたい伺いましたが、もう一度、あたしの頭を整理するためにも、近内さんの口から聞かせていただけますか」

それで、近内は、これまで自分が考えていた疑問、知り得た事柄、そこから推察できることなどを、順序立てて話した。大竹刑事は、一つ一つをメモに取りながら、ほとんど口を挟まずに聞いていた。

「車もそうですね」

と近内は付け加えた。

「車ですか？」

「ええ。犯人は、浅沼英一君の死体を学校へ運んできた筈です。英一君は、発見よりずいぶん前に殺されていたと、刑事さんはおっしゃいましたね。しかも、その殺された現場は一年C組の教室ではなかった。とすると、犯人はどこかから英一君の死体を一年C組の教室まで運んで来なくてはなりません。死体を運ぶのに、まさか担いでくるわけにもいきませんね。当然、車を使った筈です。あの夜、学校に車で来ていたのは、喜多川文昭だけです」

「その通りですな」

大竹刑事は、手帳のメモをひっくり返しながら、ふんふん、と頷いた。

「なるほど、これはどうやら、近内さんにお詫びをしなくてはならないようですね。よく、ここまでお調べになりましたな」

近内は、黙ったまま首を振った。大竹は、近内と蜂須賀を半々に見ながら、自分の頬をチョイチョイと掻いた。

「あの喜多川親子には、どこかひっかかるものがあったことは確かなんですが、近内さんのお話を伺っていると、なるほどね、可能性がありますね」

「可能性というようなものではないでしょう」

と蜂須賀が言った。

「喜多川親子が犯人であることは、もう動かし難いことですよ」

まあまあ、と大竹は、なだめるように蜂須賀のほうへ手帳を上げてみせた。

「動機はある。トリックを成立させるためのお膳立てをした形跡もある。目撃の証言があまりにも喜多川親子に集中している。確かに可能性はあります。すると、残っている問題としては、あと一つですね」

「あと一つ……？」

近内は、大竹刑事を見返した。

「ええ、あと一つだけ、問題が残っています」

「と言われますと？」

「誰が、ラジカセのスイッチを入れたのかということです」

「…………」

刑事の言葉の意味がよく摑めなかった。

「誰って……それは喜多川文昭でしょう」

「無理ですね。できません」

「だって……」

と蜂須賀が憤慨したように言う。

「喜多川文昭は、七時五十分に校庭にいる省吾君を目撃したと言っているんですよ。物音が聞こえたのは八時二十分。そうするとスイッチの入れられたのはその三十分前の七時五十分です。その時刻に、目撃できたということは、とりもなおさず、その時、喜多川文昭が学校にいたということですからね。スイッチを入れることは、できるじゃないですか」

「ええ、学校にいましたね。ですが、喜多川文昭は、学校の職員室にいたんですよ。職員室の窓から、あれは近内省吾君じゃないか？　と植村教師に言ったわけです。それが七時五十分頃なんですよ」

「いや、待って下さい」

近内が言った。

「私も、あそこへ行きましたから、場所はよくわかっています。あの職員室から二階の一年C組までは、移動するのに、ゆっくり歩いたって二分とかかりません。走れば、一分以内に行くことができます。かっちり時間を計っていたのならともかく、七時五十分頃というんでしょう。その前後にいくらでも上へ行くチャンスはあったと思いますがね」

「チャンスはあったでしょうね。行こうと思えば行けたでしょう。しかし、喜多川文昭は行っていないのです」

「どうして……そう言えるんですか？」

「植村先生の証言があるからです」

「先生の……？」

大竹刑事が頷いた。

「先生までが殺人に加担しているということになれば、これはまた別ですが、先生にはそのようなことをする必要もない。とすると、喜多川文昭はラジカセのスイッチを入れられなかったということになります。植村先生の証言によれば、あの日、喜多川文昭は午後七時半頃に、職員室の植村先生を訪ねています。そして全員が揃うまで、というか、あのラジカセの音が鳴って、植村先生と二階へ上がるまで、職員室からは一歩も出ていないんですよ」

「そんなこと……」

「植村先生は、そう言っています。我々も一応、すべての関係者の行動はチェックしています。べつに省吾君だけを調べたのではありませんからね。喜多川文昭は、七時半に職員室を訪れて、近内さんたちが到着するまでずっと植村先生と話をしていたのです。その話の内容も一応、喜多川文昭のものと植村先生のものを突き合わせて間違いのないことを確認していますからね。まず確かだと思います」

「……………」

近内は額に手をあてた。

喜多川文昭には、スイッチを入れることができなかった？　そんなばかな……。

「とすると、誰がスイッチを入れたのかということになりますね。まず勉ではないですね。勉はずっと家にいました。これは本人と母親だけの申し立てではなく、店にいた三人の従業員の言葉でもあります。買収して偽証させているという考えもできないことではないですが、まさか、少しのお金のために殺人の片棒を担ぐような真似をするとは思えませんね。店の従業員の誰かにラジカセのスイッチを入れさせたという考えも同じことですね」

「しかし、ですよ」

と蜂須賀が、頭を掻きながら言った。

「こう、なんというか、喜多川社長に恩義を感じているような社員がですね、社長の危機を救うというような……」

大竹刑事は、笑いながら蜂須賀に手を振った。

「ずいぶん大時代ですね。いや、一応『電機のキタガワ』の社員は調べました。確かに、あそこには、喜多川文昭が最初に一号店を出した時からの社員もいて、なかなか結束の固い組織です。しかし、その古株社員というのは、みな支店の店長を任されているような人でね。全員がアリバイを持っていましたよ。あとは、ほとんどが若手の社員です。彼らは、とにかく給料のために仕事をしているだけです。仮に喜多川文昭が誰かに殺人の手伝いを頼もうと思っても、安心して頼めはしないんじゃないでしょうかね」

「……そんな人たちまで、アリバイを調べたんですか？」

近内は、驚いて訊き返した。

「いや、さっきも言いましたが、喜多川文昭には、いささかひっかかるところがありましてね」

「それは？」

「いえね、妙に協力的なところがあったんですよ。こちらが訊きもしないことを情報提供してくれたりね。なんとなくおかしいなという感じだったんです。それで、念のためにということで、一応の調べはしました」

「なにか怪しいところがあったんですか？」

蜂須賀が訊き、刑事は首を振った。

「いえ、なにもありませんでした。……まあ、話を戻しますが、つまり、喜多川文昭はラジカセのスイッチを入れることができなかった。勉でもないし、母親でもない。店員でもない。誰なのかということになりますね」

しかし……。

近内は唇を嚙んだ。

犯人は喜多川親子しか考えられない。何か方法があった筈なのだ……。

しばらくの間、三人とも黙っていた。

蜂須賀が、不意に立ち上がり、台所のほうへ行った。少しして、盆にコーヒーを作って持ってきた。

「ああ、すまない」

近内が言い、蜂須賀は首を振った。カップをそれぞれの前に置きながら言った。

「わかりましたよ。スイッチをどうやって入れたか」

近内と大竹刑事が、同時に蜂須賀を見た。

「いや、今、台所でコーヒーを入れていて気づいたんですけどね。タイマーですよ」

「タイマー……」

「ええ、喜多川は、タイマーを使ったんですよ。七時半に職員室に来たと言いましたよね。スイッチはそれ以前に入れてあったんですよ。但し、タイマーを使ってね」

ああ、そうか、と近内は頷いた。しかし、大竹刑事は首を振った。

「いや、あのラジカセに、タイマーはついてませんよ」

「ラジカセについていなくても、そういうのは、それこそ電気屋へ行けば売ってますからね。簡単に時間がセットできるんですよ」

「だめですね。タイマーというのは、コンセントに接続して交流電源から取るようになっています。あのラジカセは、電池で動いていました」

「電池も使えるけど、交流電源だって使える筈ですよ。電源コードを差し込むだけなんですから、簡単じゃないですか」

「刑事さん、その通りです」

と近内は気がついて言った。

「浅沼英一君の死体を発見したのは、植村先生と喜多川文昭でした。二人の悲鳴が聞こえて、私と英一君のお母さんが二階へ上がったんですが、その時、警察へ報らせるために、植村先生が下りてきました。ですから、喜多川文昭にはあの教室で一人になる時間があったんです。その時に、ラジカセの電源コードを外し、タイマーも外してポケットかどこかへ隠したんでしょう」

「いえ、近内さん」

大竹刑事は、ゆっくりと首を振ってみせた。

「どうしてですか？」

「あの教室には、使えるコンセントがなかったんです」

「コンセントがない？」

「あるにはありました。しかし、恐らく生徒の誰かがイタズラでもしたのだろうと思いますが、コンセントは壊れてましてね。プラグが差し込めないような状態だったんですよ」

「…………」

大竹刑事は、カップを手に取りコーヒーをすすり上げた。

「まあ、しかし、タイマーというのは一つの考え方ではありますね。隣の教室のコンセントから延長コードを使ってという手もあるでしょうからね。まあ、ひとつ調べてみることにしましょう」

その時、近内は、あることに気づいた。

「刑事さん。もっと簡単なことですよ。タイマーなんか必要ないんです」

「ほう……」

と大竹は顔を上げた。

「その前に、喜多川文昭のそれ以前の行動はどうなのか教えて下さいませんか」

「それ以前と言われますと？」

「七時半に学校へ来たわけですね。その前です」

「ああ、六時頃に家を出ています。それが確認されていますが？」

「六時から七時半まではないわけですね」

「まあ、ないと言えばありません」

「刑事さん、喜多川文昭の家から学校までは、車でどのぐらいですか？」

「そうですね。道路の状態にもよりますが、さほどはかかりませんね。十分あれば充分でしょう」

「つまり、六時に家を出て、そのまま学校へ来たとすれば、六時十分頃には着くということですね」

「ええ……その通りですが」

「ということは、死体を一年C組の教室へ運び込んだり、ラジカセをセットする時間も充分にあったということになりますね」

「あります。ただ、ラジカセのスイッチが……」

「いえ、それはもう問題じゃないんです。刑事さん、一緒に行っていただけませんか」

言いながら近内はソファから立ちあがった。大竹刑事と蜂須賀が、近内を見上げた。

「どこへですか？」

「喜多川文昭の家です。スイッチを入れる方法は、行く途中でご説明します」

35

途中、警察署へ寄ったりしていたために、大竹刑事とともに近内が喜多川の家へ着いたのは、夜の十時を回っていた。是非、僕も一緒に、と蜂須賀は頼んでいたが、その主張はあっさりと退けられた。蜂須賀は、恨みがましい目付きをしながら、

「では、また明日《あした》にでも」

と近内たちと別れた。

「夜分、まことに恐れ入ります」

門を開いた喜多川夫人は、刑事と一緒に近内までがいるのを見て、目を丸くした。

「いったい、何事ですか？」

応接間に現れるなり、喜多川文昭は大竹刑事と近内を見比べながら言った。すでに床に入っている勉の弟と妹を除き、文昭と邦子《くにこ》夫人、そして勉の三人は、応接間に呼び寄せられた。

「お騒がせしまして、大変、申し訳ありません」

大竹刑事は、ニコニコと微笑みながら、重ねて喜多川に詫びを言った。

「刑事さん、これは、どういうことなのですか？　ご説明をお願いしたいですな」

はいはい、と大きく頷き、大竹刑事は焦《じ》らすようにまた間を取った。あまり口は出さないで欲しいと、近内は刑事から言われていた。ただ黙ったまま、文昭と勉を眺めていた。

「もう少ししましたら」

と大竹は、腕の時計を見ながら言った。

「あと何人か、こちらにお邪魔させていただくことになります」

「……あの、他の刑事さんが？」

「ええ、いろんな係がおりましてね。まあ、その時には、こういう失礼をお許しいただくための令状もちゃんと持参する筈ですから、まあ、ほんの少しの間だけ我慢を願いますよ」

「令状……」

喜多川が夫人に目をやった。邦子夫人は、もう完全に怯え切っている。勉は、丸い頬をひきつらせるようにして、黙ったまま大人たちを見つめていた。

「ちょっと、刑事さん、それはいったい……令状って、なんのことですか？」

「いや、たいしたことじゃありません。ちょっと喜多川さんのお宅をいろいろと拝見させていただきたいということなんです」

「家を？」

「はい。ええと、特に、勉君のお部屋と、ご主人のお部屋。それにお店の中と、裏に倉庫がありましたな、そういったところです。あ、そうそう、車も拝見したいんですよ」

「…………」

喜多川は、口を閉ざした。

つまり、三人を一室に集めた理由はそのことだった。事件が起こってからは、すでにひと月以上が経っている。しかし、警察は何かが残っている可能性もあると考えた。その残り少ない可能性を消し去られないように、大竹刑事は全員をここへ集めたのである。

近内は、事件の起こった夜のことを思い出していた。あの時、やはりこの大竹刑事は、相棒の目黒刑事とともに近内家の居間に座っていた。今は、立場が逆になっていた。

「刑事さん、それは何のためですか？」

はい、と大竹は頷いた。

「近内省吾君と浅沼英一君が残したような、痕跡がないかと思いましてね」

「な……なんで、そんな」

喜多川は、目を近内のほうへ向けた。

「この、この男が妙なことを言ったんですな。刑事さん、この近内という男はですね、どこか頭がおかしいですよ。ずっとウチの息子をつけ回したり、変なことを言ってきたり、学校やここまで来て、そういう嫌がらせをやるんです。刑事さん、学校に行って聞いて下さい。みんなが迷惑しているんです」

「そのようですねえ。ずっとそんなことを近内さんはしておられたようですよ」

「刑事さん、そういう頭のおかしな人間の言葉に惑わされて、まさか、こんな真似をなさっているんじゃないでしょうな」

大竹刑事は、手を振った。

「いえいえ、惑わされてはおりませんよ。今まで、惑わされておったようではありますがね」

「伺いたいが、どうしてこの家からこの人の息子と浅沼英一君の痕跡なんぞを、探さなきゃならないんですか？」

「浅沼英一君が殺された場所と、近内省吾君が自由を奪われていた場所を見つけたいのです」

「…………」

大竹刑事は、いともあっさりとそう言った。

途端に、勉が大きく身体を震わせ始めた。それを見て、喜多川が慌てたように言った。

「妙なことをおっしゃるものだ。息子がすっかり驚いて、怯えているじゃないですか」

「いやいや、それはそれは」

刑事は、笑いながら手を上げた。

「刑事さん。なにを……なにを根拠に、こんなことをなさるんです？　近内さん、あんた何を考えているんだ」

近内は、大竹を見た。まあ、どうぞ、というように、大竹が頷いてみせた。

近内はゆっくりと口を開いた。

「勉君がやったことを、喜多川さんがどんなふうに隠したのかを考えていたんです」

「なに？」

「喜多川さん。あなたは浅沼英一君を殺し、省吾にその罪を着せた。さらに自殺したように見せかけて省吾までも殺した。それを、私は刑事さんに、お話ししたんです」

「……ば、ばかばかしい！」

喜多川は、震えの止まらぬ勉の肩を抱きながら、突っかかるような調子で近内に言った。

「冗談もほどほどにしろ！　何を言ってるんだ、あんたは。自分の息子の罪を棚に上げて、盗っ人猛々しいとはこのことだ」

「喜多川さん。ずいぶん悲しい親心ですね」

「……なに？」

「私も、省吾の親父としては失格だった。しかし、あなたのような親心が起こらなくて、本当に良かったと思っていますよ」

「何を言ってるんだか、わからんね。頭がおかしいんだ、あんたは」

「勉君」

と近内は、俯いたままの勉に声を掛けた。

「チョコレートゲームで、君はいくらのツケを溜めたんだい？」

勉が、はっと顔を上げた。口許がガクガクと震えている。

「近内さん！」

喜多川が声を上げた。

「なんだそれは！　刑事さん、どうしてこんな男をここへ連れて来たんですか」

大竹刑事が苦笑した。

「いや、この事件は、あたしなんかよりも、この近内さんのほうがずっといろいろご存じですからね。そのチョコレートゲームのことだって、我々はまったく摑むこともできなかったんですから」

「さっぱりわからんな。あんたたちの言っていることは、なにがなんだかさっぱりわからんよ」

「ええ、ですから、もう少し待って下さい。もうすぐあたしの仲間がやって来ますから。そうしたら、いろいろ拝見させてもらいますよ」

「なにも出るものか！」

「ええ、一ヵ月経ってますからね。ちょっと苦労はいるでしょうね。しかし、いろいろ掃除をされたとしても、短い髪の毛とか、小さな血痕なんかは、見逃してしまいがちなものでしてね。とくに車のトランクの中などはね。あそこは掃除がしにくいんですよ」

「何を言ってるのか、まったくわからないね」

近内は、喜多川を見つめた。

「喜多川さんが、車に浅沼英一君の死体を積んだ痕跡のことを言っているんですよ」

「ふざけるな！　オレがどうやって英一君を殺したと言うんだ」

近内は、大きく息を吸い込んだ。

「ちょっとした盲点があったんですよ。ラジカセのスイッチをどうやって入れたんだろうってね。まあ、それが喜多川さんの最後の防波堤だったんでしょうが」

「……………」

「八時二十分に一年C組の教室でラジカセが派手な音を鳴らしました。そこに入っていたテープは、三十分の最後のところに音が録音されていた。だから、スイッチは七時五十分頃に入れられた。そう考えていました。でも、わかってみれば、簡単なことだったんですね。テープが三十分だから、七時五十分じゃなきゃいけないわけですよ。おたくの店には、テープがいろいろ揃えてありますね。三十分のテープもあるでしょうが、片面一時間のテープだってたくさんありますね。簡単なトリックですよね。二本のテープを用意して、喜多川さんが一人になった時に、片面一時間のものと、片面三十分のものを取り替えておけばいいだけなんですから。片面一時間のものを使えば、スイッチは七時二十分頃に入れればいいわけですよね」

「……知らん。何を言ってるのか、さっぱりわからん。あんたの――」

そう喜多川が言いかけた時、突然、勉が声を上げて泣き出した。堪えていることができなくなったらしい。

「勉……おい、勉！」

喜多川が、慌てて息子の肩を揺すった。

「おい、勉。心配することはない。この人たちは、なにかとんでもない勘違いをしているだけなんだ。すぐにわかるからな。なんでもないんだから、泣くな、泣かなくていいんだ、勉」

しかし、勉は泣きやまなかった。肩を大きく振り、父親の手を外した。絞り出すような声で怒鳴った。

「もういいよ！　やめてよ、もういいよ！」

ソファから立ち上がり、声を上げながらドアへ向かった。

「あ、おい、勉！」

喜多川が呼んだ。邦子夫人を除く全員が立ち上がった。見ると、夫人もまた袖を口に押しあてていた。

勉は、乱暴にドアを開けると、そのまま廊下へ飛び出した。玄関のほうへ走って行く。

「勉！　待ちなさい、勉！」

喜多川がそれを追い、大竹刑事と近内がその後に続いた。

勉は玄関の靴を引っ掛けドアを開けた。門を潜り表の通りへ向かって走って行く。すぐに姿は建物の向うへ消えた。

「勉！　おい、勉！」

大竹刑事が、喜多川よりも早く門を出た。そのまま勉を追って走った。近内も最後から通りへ出た。どこへ向かったのか、勉の姿はどこにも見えなかった。

「ツトム！」

喜多川が大きな声でまた呼んだ。

三人は、手分けをして駅と国道沿いの道を探した。しかし、勉の姿はまるで見つからなかった。

「刑事さん！　息子を探してくれ。勉を、勉を見つけ出してくれ。頼む、頼むから……」

近内が喜多川邸に戻った時、喜多川は大竹刑事に取りついて必死でそう言い続けていた。警察の車がすでに到着していた。

「喜多川さん。落ち着いて下さい。息子さんは見つけますよ。今、連絡しましたから、すぐに見つかりますよ」

大竹刑事の言葉も耳に入らぬのか、喜多川は、息子を、と言い続けた。その横で、邦子夫人が呆然とした顔で立っていた。

近内は、大竹刑事に近寄った。

「刑事さん。一緒に来ていただけませんか。私に一つ心当たりがあるんです」

大竹刑事が、近内を振り返った。

「たぶん、あそこへ行ったんじゃないかと思うんです」

36

工場の給水鉄塔の下までやって来た時、近内は、やはりここだったのか、と上を見上げた。

青黒い空に鉄塔の幾何学模様とその上のタンクがシルエットになって沈んでいる。その上の張り出しのあたりから、かすれたような勉の泣き声が聞こえていた。

「つとむ！」

一緒に来た母親が、叫ぶように声を上げた。

「つとむ！　下りてらっしゃい！」

警官が、ゆっくりと救助布を地面の上へ拡げている。

上から勉の声が降ってきた。

「来るな！」

「勉！　下りなさい。下りるのよ、勉！」

鉄の階段に駆け寄ろうとする母親を、近内は引き止めた。

「私が行きましょう」

「近内さん……あんた」

と喜多川が、恐れるように言った。

「私のほうがいいかも知れない。大丈夫ですよ。刺激するようなことはしません。それより、むやみに下からいろいろ言わないほうがいいですよ」

「近内さん」

大竹刑事が、近内の腕を摑んだ。

「あたしが行くほうが、いいんじゃないですか？」

「いえ、刑事さん。私は、ひと月前に、ここへ上っています。上で勉君と話をしてきますよ。むりやり下ろすよりも、話をして落ち着かせたほうがいいでしょう」

「わかりました。頼みます」

救助布が準備されたのを横目で確認し、近内は、ゆっくりと鉄の階段を上がり始めた。カツンカツンと靴の音が響く。

「誰だ！　来るな！」

上で勉がまた叫んだ。

近内は、一段一段、ゆっくりと上がって行った。ひい、という勉の泣き声が、また大きくなった。

一度、下へ目をやった。地面に白い布が丸く拡がっている。人の影が、黒く彫像のように止まって見えた。

ここを担ぎ上げられた時、省吾はいったいどんな気持だっただろうかと、近内は思った。身体の自由はすべて奪われていたことだろう。それを思い、足が止まった。考えるのをよした。また、階段を上る。

大声を出さなくとも言葉が届くぐらいのところまで上がり、近内は、はじめて口を開いた。

「勉君、下りて来ないか？」

「来ないでよ！」

勉が、泣き声を混じらせて叫んだ。

「来るな！　飛び下りるぞ！」

「ああ、知ってるよ」

と近内は答え、また階段を上がった。

「そのつもりで、ここへ来たんだろう？　でも、そんなことをしたって、なんにもならないぜ」

言いながら上がった。

「来ないでよ。来るな、来るなよ！」

「この前、昼間、ここに上ってみたんだ。今みたいな時間だと、なんにも見えないけど、昼間だとずいぶん遠くまで見えるよ」

勉は、張り出しの手摺にしがみついていた。しがみついたまま、どうにもできずにいた。

「こっちに来るな。それ以上近付いたら、ほんとに飛び下りるから……」

近内は、ゆっくりと最後の階段を上り切った。

「ここは、涼しいね。水の一杯入ったタンクがあるからだろうな」

「来るなって言ってんじゃないか……」

ほうへ向けた。

「ああ、じゃあここにいることにするよ」

そう言って、近内は手摺に摑まりながら階段の上へ腰を下ろした。身体だけ、勉の

しゃくり上げるように、勉がまた声を上げた。

しばらく、近内は黙ったまま勉を見つめていた。勉が落ち着くまで、朝まででも待

とうと思った。

やがて、勉は泣きながら張り出しの上へしゃがみ込んだ。鉄の板を通して、勉の震

えが伝わってきた。

「寒いの？」

近内は訊いた。勉は、小さく首を振った。

「オレを……」

言いかけた言葉が、途切れた。

「なんだい？」

「オレを突き落とせば、いい」

「どうして」

「突き落とせば、チカと同じになる」

「ならないよ」

「そうしようと思って、来たんだろ、オジサン」

「思ってない」

「嘘だ」

「どうして、嘘だって思うの？」

「だって……オレ」

ひゅう、という笛のような音が、勉の喉から洩れた。

「オレ……そんなつもりじゃなかったんだよ、そんなチカに、そんなこと……違うんだよ」

「わかってるよ」

「チカは、だめだって言ったんだよ。貫井にあんなことされたのに、チカはだめだって……」

「うん」

「オレ、死なせるつもりなんてなかったよ。ほんとだよ。死ぬなんて思わなかったんだ。勝手に貫井が動かなくなったんだから。オレ、何度も、何度も、貫井を呼んだんだから。でも、死んでたんだよ。口から血が出てた。たくさん……そんなこと、するつもりじゃなかったんだよ」

「ああ、わかってるさ。菅原玲司にやられたことを、返しただけだったんだよな」

ふと、近内は、自分が省吾と話をしているのではないかという錯覚を持った。しゃがみ込んで泣いている勉が、省吾の姿に重なって見えた。

「チョコレートゲーム、誰も、もうやめようって言わなかったの？」

「言えなかった……やめたくなった時は、言えなかった」

「面白いゲームだったんだな」

「最初は……面白かった」

「チョコレートとか、コーラだけにしとけばよかったのに」

「それじゃつまんなくなったんだ。お金、賭けたほうが、ずっとスリルがあった。中継聞いてて、自分の馬が走って来ると、夢中で声が出てくるんだ。そういうの、お金のほうがずっとあったから……」

「貫井君がノミ屋やるってことは、みんなで決めたの？」

「みんなっていうか、貫井がこういうやり方があるって仕入れてきたんだ。それまで、奴はあんまりゲームに乗ってこなかったんだけどさ。配当が、本物とおんなじだっていうんで、みんな、じゃあそれやってみようってことになったんだよ。あれ、貫井にみんなだまされたんだ」

「だまされたってことがわかったのに、でもまだ続けてたの？」

「だって、奴に金取られたまんまじゃ、面白くないじゃないか。デカイのを的中《あ》《て》て、それでやめようって思ったんだよ」

「でも、それだと、どんどんツケが溜まる一方だったんじゃないか？」

「うん。どうにもならなくなっちゃった。一番ひどかったのが菅原でさ。奴なんて、配当の高い奴ばっかり狙って買うだろ。それも、一万とか二万とかさ」

「それで、今度は菅原君が、取り立て役のほうに回っちゃったんだね」

「汚いよな。貫井がみんな悪いんだ。あいつ、頭が良いからさ、自分だけが儲かるように仕組んだんだ」

勉は、手摺を摑んでいないほうの手で顔をゴシゴシとこすった。

「でも、最後に、貫井君は、大穴でしっぺ返しを食らったものね」

「オレたちが払えない時には、菅原なんか使ってむりやり払わそうとしたクセに、自分が払わなきゃならない時になったら、泣きついてくるんだ。勝手だよ」

「君と、英一君と省吾が、①―②を一万ずつ買ったの？」

「そう……だから、それぞれに二百万以上払わなきゃいけなかったんだよ。それなのに、あんなに儲けといて、たった二百万しか持って来ないんだ」

「でも、それは、貫井君の貯金を全部おろした額だったんだよ」

「おんなじじゃないか。オレたちだって、自分が払える分は、全部払ったもの。払ってるのに、貫井は菅原に殴らせるんだ。自分で殴る度胸なんかないもんだからさ」

「そうか……」

「死ぬなんて、思わなかった。ほんのちょっと殴ったり蹴ったりしただけなのに。菅原なんか、もっとひどい殴り方するもの」

「死んだってことがわかったあと、どうしたの？」

「…………」

勉は、しばらく口を閉じた。自分と近内との関係を思い出したらしかった。震え声で言った。

「逃げた……」

「怖かったんだね」

「……どうしたらいいか、わかんなかった」

「お父さんに相談したの？」

「ちがうよ！」

突然、勉は叫ぶように言った。

「……わかっちゃったんだ。わかっちゃったから言っただけだよ。そしたらオヤジ、オレに、お前がやったんじゃないんだって言った。オレがやったんだって言ったのに、お前じゃないって」

「…………」

「みんなアサがやったことなんだって、オヤジが言ったんだ。それで、アサを自殺させれば、全部、すんじゃうからって……」

「ああ、最初は、英一君だけが自殺することになってたのか」

勉は、小さく頷いた。

「でも、その後で省吾もいるって気づいたんだね」

「そんなつもりじゃなかったんだよ。チカまで……そんなつもりじゃなかった」

「ああ、そうだね」

「オヤジが他に知ってる奴はいないんだろうなって言ったから、だからチカも知ってるって言ったんだ。それだけだよ。チカは、貫井がどうせ金持って来ないって思ってたから、来なかったんだ。払えないって言ったら、オレたちがどんなふうにやられたのか、貫井にも教えてやろうってアサと言ってたんだ。そしたら、チカだけが、いやだって言ったんだ。でも、そんなのワリが悪いじゃないか。どうしてオレたちだけ殴られて、貫井の時は殴らないんだよ。そんなのないじゃないか……」

近内はやりきれなかった。

省吾は、自分をひどい目に遭わせた貫井を殴らなかった。貫井がやっていたことを書き綴った元帳を焼き捨てた。その省吾の受けた仕打ちがこれなのか……。

しかし近内には、その省吾が嬉しかった。

――ねえ、このタオルいい？

あの声が、本当の省吾の声だった。

「英一君と省吾を、どうやって呼び出したの？」

「電話を掛けただけだよ。話があるし、打ち合わせしときたいから、明日《あした》学校休んでウチに来いって、電話したんだ」

「省吾には、ラジカセを持って来させただろ？」

「うん……」

「ラジカセなんて、君のところにたくさんあるのに、なんて言って持って来させたんだ？」

「……あれ、オレのラジカセだったんだもの」

「え……？」

近内は、びっくりして訊き返した。

「オレのラジカセだったんだよ。だけど、ツケを少しでも返しておこうと思って、その時、チカのほうは金持ってたし、奴に売ったんだ」

「いつ……」

「四月の最初の頃かな。コンピュータも一緒に売った」

ああ……と、近内は目を閉じた。

「それ、いくらで省吾に売ったんだ？」

「両方で五万」

「そうだったのか……」

「オレ、オヤジに怒られたってチカに電話で言ったんだよ。だから、金はあとで返すから、ラジカセだけでも先に返してくれって、電話でそう言ったんだ」

話をしているうちに、勉はだいぶ落ち着いてきたようだった。まだ、声にいくぶん震えは残っているが、勉自身も話すことによって興奮を抑えようとしているらしかった。

「二人を呼び出してからは、どうしたの？」

「……アサはすぐに殺した」

「…………」

あまりに自然な調子の言葉だった。

「オレが押さえつけて、オヤジがぶん殴った。首を締めたら、動かなくなった。チカが来る前にって、オヤジとオレで車のトランクに運んだんだ」

「省吾は……ずっと閉じ込めていたの？」

「…………」

勉は、黙ったまま近内のほうを見た。近内は、安心させるために頷いてみせた。

「……オヤジと二人で押さえつけて、布団でぐるぐる巻きに縛ったんだ」

「布団で……」

「ロープなんかで縛ったら、跡が残るからってオヤジが言ったんだ。それで、チカの靴だけ残して、あとは布団でぐるぐる巻きにして、そのまま車に載せた」

「…………」

ああ、と近内はあの日の学校を思い出した。校舎の前に喜多川の乗用車が停めてあった。

省吾は……その中にいたのだ。

「ごめんなさい……」

勉が、消え入るような声で言った。

近内は、そのまましばらく黙っていた。自分が何を言うかが怖かった。

勉が言ったように、今、ここで勉を突き落としたら、喜多川文昭はどういう気持になるだろうかと、ふと、考えた。むろん、そうするつもりはなかった。そんなことをして、省吾に悲しい思いをさせたくはなかった。

「……音はどうしたの？」

勉がまた震えているのに気づいて、近内は話を続けた。

「テープの音。あれは何を録音したの？」

「レコード」

「レコード……？」

「そう。店に効果音のレコードがあるんだ。その中のやつで、物がぶっ壊れる音を二本のテープに録音したんだ」

「八時二十分に音を鳴らすってことは、打ち合わせしてあったの？」

「一応。変更があった時は、オヤジがウチに電話することになってたから。でも、電話はなかった。みんなオヤジが言った通りになったよ。怖くて仕方がなかったけど、でもオヤジの言った通りになった。オレ……オジサンが一番怖かった」

「寒くないか？」

近内はもう一度訊いた。勉は首を振った。

「寒くない」

「下に行かないか？　お尻が痛くなってきたよ」

近内は、そう言って立ち上がった。勉のところへ行き、ゆっくり肩に手を置いた。

勉は小さく頷いた。

37

それから数日後、近内は、新幹線のホームで列車の入って来るのを待っていた。

待っている間、ふと、思いついて売店へ行った。マイルドセブンを一つ買ってみた。袋を開け、一本取り出して口にくわえた。火をつけ、胸一杯に吸い込んだ。

まずい煙草だった。

まあ、これでいいじゃないか……。

近内は苦笑いしながら、煙草を柱の吸殻入に落とし込んだ。買ったばかりの煙草も、屑物入に捨てた。

こんなことで煙草がやめられるとはな。

ふと、省吾を恨めしく思った。

時刻表通りに列車が入線し、降りて来る客に近内は目を凝らした。二輌ほど向うに、和服姿の喜子が見えた。近内は、そちらへ歩いた。喜子が気づき、その場に立ち止まった。

「あなた……」

そう言ったまま、喜子は俯いた。

「どうした、珍しいじゃないか、着物なんか着て」

え、と喜子が顔を上げた。

「あなたこそ、ずいぶん堅苦しい格好してるじゃないの」

「そうか……」

と近内は、自分を見下ろした。なるほど、そう言えば、結婚式にでも招かれたような服装だった。

それで、二人ともなにを考えていたのかがわかった。

近内は、喜子の手から荷物を奪い取り、先に立って歩き始めた。喜子が追いついて肩を並べた。

駅を出て、タクシー乗り場に並んだ。車に乗り込むと、近内は行き先を告げた。そこには、省吾の墓があった——。

「どうだ、骨休めになったか」

訊くと喜子は、さあ、と首を傾げた。

「あなたは、大変だったのね」

車内での会話はこれだけだった。あとは、二人とも黙って前を向いていた。

霊園の前で車を降り、入口の事務所で荷物を預けた。花と水をもらい、広い霊園の中を歩いた。

「あら……」

喜子が立ち止まった。近内は、喜子の視線を辿って前方へ目を返した。

省吾の墓前に、しゃがみ込んでいる人影があった。

逸子だった……。

近内はゆっくりと近付き、逸子の横へ水の入った桶を置いた。

逸子が顔を上げた。近内と逸子の目が合った。大きくて、美しい目をしていた。

解説

ときわ書房本店　宇田川拓也

初めて読んだ岡嶋二人作品はなんですか?

いま、そう問い掛けたなら、おそらく多くの読者が二〇〇四年六月に刊行された、講談社文庫版『99%の誘拐』を挙げるに違いない。『この文庫がすごい! 2005年版』(宝島社)の「ミステリー&エンターテインメント部門」で第一位に選出されるや、並みいる新刊話題作を押し退け、全国の売り場を席巻。それまで品切れになっていた他の作品までもが続々と重版され、文庫コーナーの一角で「岡嶋二人フェア」を展開する本屋が続出したほどだ。この今世紀に入ってからの『99%の誘拐』大ヒットによって、相当数の新たな読者が生まれたことに異を唱える者はいないだろう。発表から十五年以上の時の経過をものともせず、これほどのセールスを記録するとは、さすが岡嶋二人! 一九八〇年代を駆け抜けた、井上泉(現・井上夢人)と徳山諄一のコンビである伝説のミステリー作家ユニットの凄さを改めて痛感した次第である。

と、ここまで読んで、岡嶋作品をリアルタイムで知る四十代以降のミステリーファンのなかには、「〝伝説〟とは大仰な!」とおっしゃる向きもあるかもしれない。いやいや、ちょっとお待ちいただきたい。私は一九七五年生まれの本屋の店員である。リアルタイムで触れることができたのは、ラスト長編の『クラインの壺』で、そこから岡嶋作品を遡《さかのぼ》っていったクチだ。つまり、どうにかギリギリ間に合うことができた世代である。そんな人間にしてみると、岡嶋二人は少年時代にミステリーの面白さを教えてくれた「レジェンド」といっても過言ではない、それはそれは偉大なる存在なのだ。もし本稿に〝憧れ〟のような浮ついた気配を感じたなら、そういう理由からだと、ご理解いただきたい。

さて。

第二十八回江戸川乱歩賞を受賞したデビュー作『焦茶色のパステル』(講談社文庫)が、二〇一二年八月に［新装版］としてリニューアルされたのに続き、本作『チョコレートゲーム』もまた装いを新たにすることとなった。一九八五年「週刊文春」ミステリーベスト10の国内部門第六位にランクインし、第三十九回日本推理作家協会賞長編部門を受賞した、『焦茶色のパステル』、『あした天気にしておくれ』と並ぶ初期ベスト3の一作に数えられる文句なしの傑作だ。

思うように原稿が進まない小説家――近内泰洋は、妻から中学三年生の息子――省吾の異変を告げられる。ここ二週間ほど学校を頻繁に休んでおり、身体にアザを作って帰宅するなり部屋に籠るような毎日だという。しかも家の金を勝手に持ち出しているらしく、部屋にはいつどこで手に入れたのかわからない高価なパソコンが置いてある。妻はこれを〝非行の兆候〟だと懸念する。近内は省吾と話しをしようと部屋を訪れるが、親に罵声を浴びせ、金を要求するその態度は、とても近内の知る息子のものではなかった。

翌日、省吾のクラスメイト——貫井直之が全身打撲の他殺体で発見される。近内は思わず〝打撲〟から省吾の身体のアザを連想し、心に不安がよぎる。学校に赴き、先生だけでなく、同級生たちにも話を訊いて回った近内は、そこで〝チョコレートゲーム〟なる謎の言葉を耳にする。そんな矢先、さらなる凶行が父兄らの集まる学内で発生。近内の不安が的中しただけでなく、ついに事態は最悪の結末を迎えてしまう。「嘘だ。そうじゃない。そんなのは嘘だ。省吾は、やってはいない。間違いだ。すべてが何かの間違いだ」。我が子に着せられた汚名をすすぐため、近内は孤独な調査を開始する……。

本作を初めて読んだときには省吾と同じ中学生だった私も、いまや近内に近い年齢になってしまったわけだが、読み始めるや止まらなくなる極めて完成度の高いミステリーという評価は、当時もいまもまったく変わるものではない。とはいえ、これだけの歳月が流れている以上、インターネットもスマートフォンもなかった時代の物語に当時と変わらぬ感想をふたたび抱くものでもない。そこで、まず発表当時の本作の評価を振り返ってみよう。

一九八八年七月に刊行された講談社文庫旧版の権田萬治氏による解説には、「この作品の新しさは、若い世代の生態を鋭くえぐった青春推理小説という側面を持つと同時に、中学生の間で起こった事件を自分の息子の問題として、苦悩しながら真相を追究して行く父親の姿を描いた本格的な謎解き小説である点にある」、「この作品でまず感心させられるのは、作者がコンピューター時代の現代の中学生の生活ぶりをよく調べて書いていることである」とあり、それまでの小説にないレベルで変容する現代中学生をよく捉えた点に新味を見出していたことがわかる。

つぎに、二〇〇〇年十一月に「日本推理作家協会賞受賞作全集」第五十巻として刊行された双葉文庫版の末國善己氏の解説では、刑事が娘の長電話を嘆く「この頃の子供たちは、なんでもかんでも、すべて電話ですよ」というセリフを例に挙げ、のちの携帯電話の一般化を先駆けたような指摘であると言及。そして、「作者が『チョコレートゲーム』で描いて見せた子供たちの変容は、発表から二十年を経ようとしている現在、ますます加速度がかかっているように思える」と述べ、子供部屋が親の知らない聖域と化し、家族関係の断絶が当たり前のように語られるいま、「この作品は、特に子供たちの変容をとらえた先駆的な作品ととらえることが可能である」と定義している。

では、そこからさらに十年以上が経過し、すでに新味は懐かしく、子どもたちの加速する変容も行き着いた感のある現在、だからこそわかる本作の美点とはなんであろうか。それは、子どもたちの変容が決して大人の理解を超えた現象ではなく、大人たちの変容に呼応し、成るべくして成ったことを改めて教えてくれる点にある。子どもたちが悲劇を生むきっかけとなった〝チョコレートゲーム〟も、いわば大人たちの世界に倣《なら》おうとした産物にほかならない。そして、子どもたちが親や教師の目を盗んで〝チョコレートゲーム〟を進めることができた下地には、大人たちがもたらした環境、機材、手法が大きく関わっており、これは事件そのものについてもいえることである。つまり、当時、子どもたちの生態や変容をえぐる社会派的な鋭さと捉えられていたものが、時代を経過することによって普遍的な提言へと昇華しているのだ。いま本作を読むと、子どもたちの変容を目の当たりにしなければ、世の変化を感知し、及ぼす影響を予知できない大人たちへの警鐘を感じて、背筋が伸びるような気持ちにさせられる。また、謎を解き明かした先で、（たとえそれが強い後悔を抱くほど遅くなったとしても）変容に惑わされることなく子どもを信頼できた大人だけが、〝正しい助け〟をもたらすことが可能だと示す場面は、多くの胸を締めつけつつも、強く心に響くことだろう。

続いて、〝極めて高い完成度のミステリー〟としての変わらぬ魅力について触れておこう（ここ以降、若干内容に踏み込んだ触れ方をしております。作品を最大限にお愉しみいただくためにも、恐れ入りますが、本文読了後にお目通しいただけますと幸いです）。

本作が、いまなお揺るぎない評価を獲得している最大のポイントは、磐石の基礎、にある。数ある岡嶋作品のなかでも、本作の結構は決して複雑な部類ではない。だがそれは、ひとつひとつの所作にごまかしや不手際などあろうものなら、たちまち物語全体に歪《ゆが》みや崩れが生じてしまうということでもある。この点で、本作には一切の抜かりがない。リーダビリティ抜群の文章、短いページ数での読み手の引き込み方、細やかな伏線の配置、謎の提示と誤誘導の手際（〝チョコレートゲーム〟と〝みんなジャックのせいだ〟という言葉の用い方、そして〝ガタガタッと、何かが倒れるような派手な音〟の真意を、読み手の予想をギリギリでかわして膝を打たせる巧妙な見せ方を見よ！）、もちろん、謎が解き明かされたあとで「そういえばあれって……」と首を傾げるような取りこぼしなどあるわけもない。どれもこれもが折り目正しい美しさを感じるくらい、ミステリーが備えておくべき基礎が徹底しているのである。もし本稿をお読みのなかにミステリー作家志望の方がいらしたら、本作は必読の一冊だと断言しよう。どんなにいいキャラクターを生み出そうと、驚愕の仕掛けを思いつこうと、印象的なセリフや場面を描こうと、作りがおろそかではすべてが台なしになってしまうことが心底よくわかるだろう。

ちなみに、間もなく電子書籍にて、岡嶋作品全二十八作を網羅した『岡嶋二人コンプリートボックス』が配信されるそうだ（単品でも購入可。コンプリートボックスにはなんと唯一の単行本未収録短編のプレゼントつき！）。現在入手困難な作品もこちらで読めるので、ぜひチェックを！

最後に、本稿を書いていると、事務所のＦＡＸに徳間書店から注文書が流れてきた。どうやら駅の構内や周辺書店を中心に、今度は徳間文庫版の『99％の誘拐』が売れており、新たにオビをつけての出荷が決まったとのこと。冒頭で、私は岡嶋二人を〝伝説のミステリー作家ユニット〟と書いたが、どうやらこの〝伝説〟という冠は、この先まだまだ輝きを増していくようである。これからも多くの本屋の店員が岡嶋作品を売り場に並べ、手に取った読者ひとりひとりが〝伝説〟にいっそうの輝きを加えていくことだろう。その絶えぬ流れのなかで、改めて岡嶋二人の凄さに撃ち抜かれる重要作品として『チョコレートゲーム』が熱く支持されるよう、売り場に立ち続けられる限り、一冊一冊お届けしようという思いを強くしている。

〈岡嶋二人著作リスト〉

1 『焦茶色のパステル』（第二十八回江戸川乱歩賞受賞）講談社（82・9）／講談社文庫（84・8）新装版（12・8）
2 『七年目の脅迫状』講談社ノベルス（83・5）／講談社文庫（86・6）
3 『あした天気にしておくれ』講談社ノベルス（83・10）／講談社文庫（86・8）
4 『タイトルマッチ』カドカワノベルズ（84・6）／徳間文庫（89・2）／講談社文庫（93・12）
5 『開けっぱなしの密室』講談社（84・6）／講談社文庫（87・7）
6 『どんなに上手に隠れても』トクマノベルズ（84・9）／徳間文庫（88・9）／講談社文庫（93・7）
7 『三度目ならばＡＢＣ』講談社ノベルス（84・10）／講談社文庫（87・10）／増補版・講談社文庫（10・2）
8 『チョコレートゲーム』（第三十九回日本推理作家協会賞受賞）講談社ノベルス（85・3）／講談社文庫（88・7）／双葉文庫（00・11）
9 『なんでも屋大蔵でございます』新潮社（85・4）／新潮文庫（88・5）／講談社文庫（95・7）
10 『５Ｗ１Ｈ殺人事件』双葉ノベルス（85・6）／改題『解決まではあと６人』双葉文庫（89・4）／講談社文庫（94・7）
11 『とってもカルディア』講談社ノベルス（85・7）／講談社文庫（88・6）
12 『ちょっと探偵してみませんか』講談社（85・11）／講談社文庫（89・3）

13『ビッグゲーム』講談社ノベルス（85・12）／講談社文庫（88・10）
14『ツァラトゥストラの翼』講談社スーパーシミュレーションノベルス（86・2）／講談社文庫（90・5）
15『コンピュータの熱い罠』カッパ・ノベルス（86・5）／光文社文庫（90・2）／講談社文庫（01・3）
16『七日間の身代金』実業之日本社（86・6）／徳間文庫（90・1）／講談社文庫（98・7）
17『珊瑚色ラプソディ』集英社（87・2）／集英社文庫（90・4）／講談社文庫（97・7）
18『殺人者志願』カッパ・ノベルス（87・3）／光文社文庫（90・11）／講談社文庫（00・6）
19『ダブルダウン』小学館（87・7）／集英社文庫（91・11）／講談社文庫（00・1）
20『そして扉が閉ざされた』講談社（87・12）／講談社文庫（90・12）
21『眠れぬ夜の殺人』双葉社（88・6）／双葉文庫（90・12）／講談社文庫（96・7）
22『殺人！　ザ・東京ドーム』カッパ・ノベルス（88・9）／光文社文庫（91・3）／講談社文庫（02・6）
23『99％の誘拐』（第十回吉川英治文学新人賞受賞）徳間書店（88・10）／徳間文庫（90・8）／講談社文庫（04・6）
24『クリスマス・イヴ』中央公論社（89・6）／中公文庫（91・12）／講談社文庫（97・12）
25『記録された殺人』講談社文庫（89・9）／再編成により改題『ダブル・プロット』講談社文庫（11・2）
26『眠れぬ夜の報復』双葉社（89・10）／双葉文庫（92・4）／講談社文庫（99・7）
27『クラインの壺』新潮社（89・10）／新潮文庫（93・1）／講談社文庫（05・3）
28『熱い砂――パリ～ダカール11000キロ』講談社文庫（91・2）

この作品は一九八五年三月、講談社ノベルスとして刊行されました。
本書は一九八八年七月に刊行された文庫の新装版です。

|著者|岡嶋二人　徳山諄一（とくやま・じゅんいち　1943年生まれ）と井上泉（いのうえ・いずみ　1950年生まれ。現在、井上夢人で活躍中）の共作筆名。ともに東京都出身。1982年『焦茶色のパステル』で第28回江戸川乱歩賞を受賞。1986年『チョコレートゲーム』（本書）で第39回日本推理作家協会賞を受賞。1989年『99％の誘拐』で第10回吉川英治文学新人賞を受賞。同年、『クラインの壺』が新潮社から刊行されるのと同時にコンビを解消する（詳しくは、本書巻末の著作リストおよび井上夢人『おかしな二人』をご覧ください）。井上夢人氏の近著に『ラバー・ソウル』がある。岡嶋二人と井上夢人作品は電子書籍でも配信中。すべての作品の著者本人のライナーノーツも読める特設サイトは「電本屋さん」(denponyasan.com)。

チョコレートゲーム　新装版《しんそうばん》
岡嶋二人《おかじまふたり》

2013年１月16日第１刷発行
2019年10月２日第５刷発行

発行者――渡瀬昌彦
発行所――株式会社　講談社
東京都文京区音羽2-12-21　〒112-8001
電話　出版（03）5395-3510
　　　販売（03）5395-5817
　　　業務（03）5395-3615
Printed in Japan

講談社文庫
定価はカバーに表示してあります

デザイン――菊地信義
本文データ制作―講談社デジタル製作
カバー・表紙印刷―大日本印刷株式会社
本文印刷・製本―株式会社講談社

ISBN978-4-06-277317-1

講談社文庫刊行の辞

二十一世紀の到来を目睫に望みながら、われわれはいま、人類史上かつて例を見ない巨大な転換期をむかえようとしている。

世界も、日本も、激動の予兆に対する期待とおののきを内に蔵して、未知の時代に歩み入ろうとしている。このときにあたり、創業の人野間清治の「ナショナル・エデュケイター」への志を現代に甦らせようと意図して、われわれはここに古今の文芸作品はいうまでもなく、ひろく人文・社会・自然の諸科学から東西の名著を網羅する、新しい綜合文庫の発刊を決意した。

激動の転換期はまた断絶の時代である。われわれは戦後二十五年間の出版文化のありかたへの深い反省をこめて、この断絶の時代にあえて人間的な持続を求めようとする。いたずらに浮薄な商業主義のあだ花を追い求めることなく、長期にわたって良書に生命をあたえようとつとめるところにしか、今後の出版文化の真の繁栄はあり得ないと信じるからである。

同時にわれわれはこの綜合文庫の刊行を通じて、人文・社会・自然の諸科学が、結局人間の学にほかならないことを立証しようと願っている。かつて知識とは、「汝自身を知る」ことにつきていた。現代社会の瑣末な情報の氾濫のなかから、力強い知識の源泉を掘り起し、技術文明のただなかに、生きた人間の姿を復活させること。それこそわれわれの切なる希求である。

われわれは権威に盲従せず、俗流に媚びることなく、渾然一体となって日本の「草の根」をかたちづくる若く新しい世代の人々に、心をこめてこの新しい綜合文庫をおくり届けたい。それは知識の泉であるとともに感受性のふるさとであり、もっとも有機的に組織され、社会に開かれた万人のための大学をめざしている。大方の支援と協力を衷心より切望してやまない。

一九七一年七月

野間省一